Advent bei uns in Ammerlo

© Fotostudio Köhler

Antonia Michaelis wurde 1979 in Kiel geboren. Fünf Jahre später begann sie zu schreiben – und hat seitdem nicht mehr damit aufgehört: während ihrer Schulzeit in Augsburg oder auf ihren zahlreichen Auslandsreisen. Antonia Michaelis lebt im Nordosten Deutschlands und hat gerade ihr Medizinstudium abgeschlossen.

Antonia Michaelis

Advent bei uns in Ammerlo!

Mit Illustrationen
von Julia Ginsbach

CARLSEN

Außerdem von Antonia Michaelis im Carlsen Verlag lieferbar:

Hier bei uns in Ammerlo

Viel los bei uns in Ammerlo!

Das Geheimnis der Geisterinsel

☆

Für den Pfarrer, dem ich noch ein Theaterstück schulde.
Für Martin alias Gurke, der sich inzwischen eine
Glühweinmaschine angeschafft hat, die auch explodiert ist.

Veröffentlicht im Carlsen Verlag
Oktober 2010
Mit freundlicher Genehmigung des Loewe Verlages

Umschlagbild: Julia Ginsbach
Umschlaggestaltung: formlabor
Corporate Design Taschenbuch: Dörte Dosse
Druck und Bindung: GGP Media GmbH, Pößneck
ISBN 978-3-551-35918-6
Printed in Germany

Alle Bücher im Internet: www.carlsen.de

Luisa: Hast du den Schneemann gefunden, der eine Eisteedose ist? Den, den ich an Nikolaus vor deine Tür gestellt habe?

Ich: Ja. Er hat diesen schönen lila Strickschal. Aber woher wusstest du, dass in der Geschichte ein lila Strickschal vorkommt?

Personen

Luisa: 9 Jahre alt, sehr blond und genauso energisch, meist auf dem Kirschbaum neben dem Fischstand anzutreffen.

Ann-Kathrin: ihre große Schwester. Eine Schönheit, aber eher praktisch veranlagt. Studiert in der Stadt und fährt Moped.

Martin: Luisas und Ann-Kathrins überforderter und leicht verwirrter Vater. Verkauft Fisch.

Herr Moosbach: der Hund der Familie, genauso uralt wie ihr roter Lieferwagen, aber sehr viel fusseliger um die Schnauze herum.

Mandy: 9 Jahre alt, ist im letzten Frühjahr aus Frankfurt nach Ammerlo gezogen, liebt Dinge, die rosa sind, und klettert *nicht* auf Bäume.

Erik: Mandys übergewichtiges weißes Schlappohrkaninchen.

Aik: 10 Jahre alt, wohnt mit seiner Familie in einem großen Backsteinhaus am Hafen. Ist etwas vernünftiger als die anderen.

Levke: 4 Jahre alt, Aiks kleine Schwester.

Aiks und Levkes Mutter: wäre auch lieber ein Kind.

Aiks und Levkes Vater: ist Anwalt in der Stadt, nie da und stellt des Öfteren am Ende eines Abenteuers fest, dass sein halber Besitz verschenkt und er wieder mal in nichts eingeweiht wurde.

Lukas: 8 Jahre alt, schmächtig, blass und beseelt von dem Wunsch, seinen Vater, der Fischer ist, mit Stolz zu erfüllen. Was selten gelingt.

Norbert und Ronny: sind älter und vornehmlich damit beschäftigt, *cool* zu sein.

Frederick: ein Student, liebt Ann-Kathrin und froschgrüne Cordhosen.

Der Griesgram: hat einen bösen schwarzen Hund, wohnt mitten in der Dorfstraße in einem eklig gepflegten Garten und ist griesgrämig.

Der Pfarrer: immer in unförmigen Wollpullovern unterwegs und sehr musikalisch.

Der Postkartenmann: bewohnt ein einsturzgefährdetes Haus an einer Straßenecke von Ammerlo, sammelt nicht nur Spruchpostkarten, sondern auch löchrige Boote, kaputte Trabbis und verstümmelte Katzen. Ein eher sanfter Mensch, bei dem sich alle schon lange fragen, wovon er eigentlich lebt.

Geschichte
zum
1. Dezember

Luisa saß auf dem zweithöchsten Ast des kahlen Kirschbaums, als der Winter in diesem Jahr hereinbrach. Er brach an einem Sonntag um 15 Uhr 32 herein und Luisa sah gleich, dass es ein ungewöhnlich harter Winter werden würde.

Er begann damit, dass es dunkel wurde.

Schwere, undurchdringliche Wolken zogen über Ammerlo herauf und verdeckten den Himmel, Wolken wie stahlgraue Watte oder wattegrauer Stahl, und der Sonnenuntergang verschwand vollkommen dahinter.

Dann kam die Kälte. Die Häuser des Dorfes duckten sich und beinahe sah es aus, als zögen sie ihre Reetdach-Pullover enger um sich. Die kleinen, niedrigen Fenster blinzelten dem Winter entschlossen entgegen.

Luisa blies in ihre Hände. Ihr Atem malte einen weißen Dampfkringel in die Luft.

»Ja, komm du nur!«, sagte sie zum Winter. »Du wirst

schon sehen. Denn jetzt wird es erst richtig gemütlich hier bei uns in Ammerlo. Jetzt fängt die Keksteig-Ausrollerei an und das Bratapfelbraten und die Wollsockenzeit. Und, nämlich: Dieses Jahr verkauft Martin an seinem Fischstand Glühwein! Je kälter, desto besser, so ist das. Jedenfalls für Glühwein, sagt Martin.«

Sie machte ein paar schnelle Bewegungen in der Luft, um dem Winter zu zeigen, wo es langging. Denn seit drei Wochen machte Luisa Taekwondo.

»He!«, rief da jemand von der Straße herauf. »Hör auf, da oben rumzufuchteln wie bekloppt, und komm runter! In zehn Minuten ist das Treffen!«

Luisa spähte durch die kahlen Äste hinunter. Dort, in der Winterdämmerung, stand Aik und zog mit einer Hand seine Mütze tiefer über die Ohren. An der anderen Hand hatte er seine kleine Schwester Levke, die ihm nicht einmal bis zur Hüfte reichte.

»Das Treffen von wem?«, wollte Luisa wissen.

»Von dem Krippenspiel«, sagte Aik. »Für Weihnachten. In der Kirche.«

»Ach so. Und was *soll* ich da?«, fragte Luisa gedehnt. »Ich bin doch nicht *kürch-lich*.«

»Das hat damit überhaupt nichts zu tun!«, rief Aik ungeduldig und scharrte mit den Füßen auf dem Kopfsteinpflaster. »Jetzt komm schon! Sonst gehn wir ohne dich.«

»Wer ist wir?«, erkundigte sich Luisa misstrauisch. Doch da war sie schon vom Kirschbaum geklettert und neben ihrem Vater am Fischstand gelandet. Martin war gerade damit beschäftigt, einen riesigen Metalltopf zu putzen. »Wir, das sind der Glühweintopf und ich«, antwortete er.

»Ach, du!«, sagte Luisa. »Dich hab ich doch nicht gefragt. Ich hab Aik gefragt.«

»Wir«, verkündete Aik mit feierlicher Miene, »das sind Mandy und Lukas und ich und du. Äh, und natürlich Levke.« Er seufzte. »Die anderen warten sicher schon in der Kirche. Wir sollten wirklich langsam los.«

»Aa-ha«, sagte der Pfarrer. »Da sind ja die Geschwister aus dem Backsteinhaus. Und Luisa. Schön, dass ihr gekommen seid. Oh. Und ihr habt Herrn Moosbach mitgebracht.«

Er streichelte den Kopf des alten, zerzausten Hundes, der sich an sein Knie schmiegte. Luisa hatte gar nicht gemerkt, dass Herr Moosbach ihr vom Fischstand bis hierher gefolgt war. Ob er auch krippenspielen wollte?

Ein eisiger Windstoß fegte durch die Kirchentür und der Pfarrer schloss sie eilig. »Den Winter«, fügte er hinzu, »habt ihr auch mitgebracht, wie ich sehe.«

Die Kirche war kalt und leer. Der Pfarrer hatte mehrere dicke Wollpullover an und eine Pudelmütze auf, so kalt war es hier drinnen. Herr Moosbach setzte sich auf Luisas Fuß, weil er mit seinem empfindlichen Po den eisigen Kirchenboden nicht berühren wollte.

Luisa sah sich um. Außer dem Pfarrer, Aik, Levke, dem alten Hund und ihr hatten sich noch drei Leute in der Kirche versammelt: Mandy lehnte an einer Kirchenbank und pustete einen Fussel von ihrer rosa Daunenjacke. Bei ihr stand Lukas. Seine alten Handschuhe waren so löchrig, dass die Fingerspitzen schon herauslugten – und dann war da noch der Postkartenmann.

Der Postkartenmann war als Einziger, abgesehen vom Pfarrer natürlich, kein Kind. Er besaß das kaputteste Haus in Ammerlo, mit dem hübschesten, wildesten Garten. Davor bewahrte er drei alte Trabbis in verschiedenen Stadien des Verfalls auf. Außerdem gab es in seinem Garten ein Boot und ungefähr drei Dutzend Katzen in ähnlich kaputtem Zustand. Irgendwie, dachte Luisa, ging alles, was sich im Garten des Postkartenmanns befand, auf eine geheime Weise hinüber.

Außer den Postkarten.

Der Postkartenmann hieß so, weil er leidenschaftlich Postkarten sammelte. Solche mit Sprüchen. Manchmal trug er sie in einer geblümten Schachtel spazieren, um sie den Leuten zu zeigen.

»Wollen *Sie* etwa auch mitspielen?«, fragte Luisa ihn.

»Der Pfarrer hat mir gesagt, er braucht Leute«, erwiderte der Postkartenmann und lächelte. »Ich dachte, wenn sonst keiner kommt ...«

»Hm, na ja«, sagte Luisa. »Ich dachte immer, Krippenspiele wären was für Kinder. Aber Sie können sich ja ein wenig kleiner machen.«

»Danke«, sagte der Postkartenmann höflich, »ich werde es versuchen.«

»Hä-häm«, machte der Pfarrer. »Also, wir ihr alle wisst, geht es um die Geschichte von Maria und Josef. Kann die noch mal jemand schnell zusammenfassen?«

»Die legten das Kind in eine Krippe«, begann Lukas eifrig. »Unter den Weihnachtsbaum. Und dann kamen Könige und ...« Er wusste nicht mehr weiter und zog an seinen Handschuhen, damit die Finger nicht mehr aus den Löchern guckten.

»Nicht unter den Weihnachtsbaum«, sagte Mandy und verdrehte die Augen. »In einen Sta-hall. Das weiß doch jedes Baby.«

»Die Könige kamen aus dem Abendland«, sagte Aik.

»Morgenland«, sagte Mandy.

»Wau!«, sagte Herr Moosbach.

»Abendland«, sagte Aik.

»Ach nee, Mandy, jetzt fang bloß nicht an anzugeben«, sagte Luisa. »Nur weil du ausm Westen bist. Da habt ihrs ja wohl alle mit der Kirche oder wie. Du denkst wohl, du weißt alles besser.«

»Aber ich weiß es besser!«, widersprach Mandy und stampfte mit dem Fuß auf. Der Kirchenboden war ziemlich hart und sie verzog das Gesicht. »Josef und Maria suchten eine Herberge, und dann legten sie das Kind in eine Krippe, weil sie keinen anderen Ort hatten, wo sie es ... na, wo sie es hintun konnten.«

»Alle Hotels waren voll«, sagte Lukas. »Das ist logisch. Das passiert in Ammerlo auch schon mal, wenn im Sommer die Touristen da sind. War es im Sommer?«, erkundigte er sich.

»Nein«, sagte Mandy. »Guck doch mal raus. Ist Weihnachten etwa im Sommer?«

Der Pfarrer breitete schlichtend die Arme aus. »Hört auf zu streiten«, sagte er. »Lukas hat schon ein bisschen Recht. Da, wo die Weihnachtsgeschichte spielt, war es sozusagen Sommer. Zumindest war es so warm wie bei uns im Sommer. Und Mandy hat auch Recht mit ihrem Stall. Und Aik damit, dass Könige kamen.«

»Und ich«, sagte Luisa, »weiß nämlich auch was: Nämlich da war noch ein Engel. Das hatten wir in der Schule nämlich schon tausendmal. Der Engel ... der war groß und stark ... und die Hirten hatten ziemlich Angst vor ihm. Er hat ihnen gesagt, dass irgendwie das Jesuskind jetzt da ist oder so, und dabei hat er so sehr Funken gesprüht und geleuchtet, dass die Hirten dachten, nun ist alles aus. Wenn ich mitspiele, dann bin ich der Engel.«

»Irgendwie hatte ich das anders in Erinnerung«, sagte der Postkartenmann nachdenklich. »Ich dachte, der Engel hätte zu den Hirten gesagt: Fürchtet euch nicht.«

Der Pfarrer nickte und Mandy sah sehr wichtig aus und nickte auch.

»Von mir aus kann ich das ja sagen«, lenkte Luisa ein. »Wenn ihr darauf besteht.«

»Und ich«, erklärte Mandy, »bin Maria.«

Lukas guckte sich Mandy von oben bis unten an und wiegte den Kopf. »War die rosa?«

»Sicher«, sagte Mandy. »Das weiß doch jeder.«

Da kam eine ganz kleine, aber sehr durchdringende Stimme von unten herauf: »Und ich?« Alle wandten die Köpfe nach der kleinen Stimme.

»Du bist doch erst vier«, sagte Aik zu seiner Schwester. »Du kannst doch noch nicht bei einem Krippenspiel mitspielen.«

»Kann ich wohl«, sagte Levke. »*Ich* bin der Tiger.«

Eine Weile herrschte Schweigen. Nur Herr Moosbach hechelte ein bisschen vor sich hin. Dann fragte der Pfarrer in die Stille: »Der Tiger?«

»Ja, nämlich«, sagte Levke, »diesen Winter bin ich ein Tiger. Überhaupt immer. Nicht nur hier.« Sie kratzte mit einer Hand durch die Luft – wie ein Tiger – und fauchte.

»Vielleicht sollten wir das Krippenspiel dann im Frühjahr aufführen«, bemerkte Aik, »wenn du kein Tiger mehr bist.«

»Wie wäre es mit einem Esel?«, schlug der Pfarrer vorsichtig vor.

Levke schüttelte den Kopf. »Tiger«, sagte sie bestimmt.

»Oder ... ein Ochse?«, fragte der Pfarrer.

Wütend stampfte Levke mit ihren kleinen Füßen auf den Kirchenfußboden. »Tiger!«, rief sie. »Tiger, Tiger, Tiger! Und wenn ich kein Tiger sein kann, spiele ich nicht mit! Pah!«

Damit drehte sie sich um und lief aus der Kirche – ein kleiner Tiger in einer riesigen roten Daunenjacke und blauen Gummistiefeln.

Geschichte zum 2. Dezember

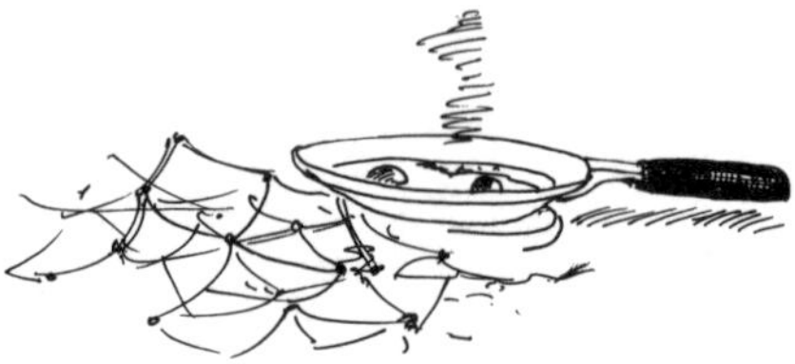

»Und dann ist Levke nach Hause gegangen«, erzählte Lukas am Abend seinem Vater. »Glaube ich. Bei Tigern weiß man das nie.«

»Hm-hm«, machte Lukas' Vater. Er saß am Küchentisch und flickte eines der Netze. Wenn man Fischer war, so wie Lukas' Vater, musste man seine Netze flicken. Aber, dachte Lukas, muss man es unbedingt abends und am Küchentisch tun? Abende und Küchentische sind doch zum Unterhalten da.

»Mit vier ist man eigentlich zu klein, um ein Tiger zu sein«, sagte Lukas. »Ich bin ein Hirte. Wenn man schon acht ist, kann man gut ein Hirte sein. Aik ist Josef. Das ist auch gut so, weil Aik ist groß und stark, und als Hauptrolle muss man ja groß und stark sein. Ich bin eigentlich ganz froh, dass ich nur ein Hirte bin.«

»Hm«, machte Lukas' Vater wieder und hielt das Netz dichter unter die niedrige Lampe. Von Zeit zu Zeit flackerte sie. Die Leitungen im Haus waren alt und müde, genau wie das Haus selbst. Jetzt, wo der Winter da war, knackte es in der Kälte mit seinen Wänden – wie alte Leute mit den Fingern knacken.

»Du vergisst schon wieder das Abendessen«, sagte Lukas. »Ich mach uns Spiegeleier.«

Sein Vater nickte, ohne von dem Netz aufzusehen.

Während Lukas mit zwei Eiern und der großen schweren Pfanne kämpfte, erzählte er unaufhörlich weiter – vom Pfarrer und von Martin, der jetzt Glühwein verkaufen wollte an seinem Fischstand, und von Luisa und von Mandy.

Lukas redete sonst nie so viel. Lukas schwitzte. Lukas war nervös.

Schließlich stellte er die Pfanne mit den Eiern auf die Ecke des Esstisches, die das Fischernetz frei ließ, und atmete tief durch.

»Ich muss dich was fragen«, sagte er.

Diesmal sagte sein Vater nicht mal »hm«. Das war ein schlechtes Zeichen.

Lukas runzelte die Stirn und versuchte sich dahinter einen möglichst schönen Satz auszudenken. Einen Satz, der beeindruckte. Einen langen, kunstvollen Satz.

Schließlich schluckte er zweimal und sagte ganz schnell: »Was ist dies Jahr mit dem Baum?«

Mist.

Sein Vater schob das Netz beiseite, pikte mit der Gabel ein Stück Spiegelei aus der Pfanne auf und kaute langsam. Dabei sah er Lukas zum ersten Mal an diesem Abend an.

Lukas bemühte sich seinem Blick standzuhalten.

Sein Vater hatte dichte buschige Augenbrauen und das Wetter hatte seine Haut dunkel und faltig gemacht wie das Meer selbst. Lukas wäre gern so wie sein Vater, groß und breit und mit solchen Augenbrauen! Aber er war klein für sein Alter und schwach und ein bisschen spillerig – gerade eben richtig für einen Hirten.

»Wenn du einen Weihnachtsbaum meinst«, sagte Lukas' Vater langsam, »den kannst du vergessen. Wir hatten letztes Jahr keinen Baum und wir hatten vorletztes Jahr keinen Baum. Und daran wird sich jetzt nichts ändern. Ich sehe nicht ein, warum man Geld für einen abgesägten Baum ausgeben soll, den man hinterher auf den Müll schmeißt. Und du weißt, was ich von Weihnachten halte. Wir gehen schließlich auch nicht am Sonntag in die Kirche.«

»Ja, aber Luisa auch nicht!«, rief Lukas schnell. »Die geht nie, niemals, nie am Sonntag in diese Kirche, und an Weihnachten aber doch, und einen Baum haben sie auch. Jedes Jahr! Hat sie mir selbst erzählt!«

Lukas' Vater seufzte und wandte seinen Blick wieder dem Spiegelei zu.

»Du weißt so gut wie ich, dass wir kein Geld für abgesägte Bäume haben«, sagte er.

Lukas aß sein Spiegelei sehr still zu Ende. Wetten, bei Aiks Familie würden sie auch einen Baum haben? Einen großen, wunderschönen Baum. Und die kleine Levke würde daruntersitzen und ein Tiger sein.

Geschichte zum 3. Dezember

»Also, von mir aus kannst du ja Maria sein«, sagte Luisa und blies in ihren Tee.

Mandy und sie saßen in dem kleinen Café hinter dem Fischstand. Das Café war eigentlich eine Bretterbude mit ein paar Tischen und Bänken und einer Theke. Martin hatte es Ende November hinter dem Fischstand aufgebaut und sich beim Zusammennageln viermal auf den Daumen gehauen, bis Ann-Kathrin die Sache in die Hand genommen hatte.

»Im Winter«, hatte Martin gesagt, »kann man von den Leuten nicht verlangen, dass sie draußen in der Kälte Fischbrötchen essen, nicht wahr? Im Winter muss man ihnen drinnen was Warmes geben. Einen heißen Kakao ... oder einen Glühwein ...«

»Ich bin auch Maria. Zwei, drei ...«, murmelte Mandy. Sie hatte eine Menge Wolle um sich verteilt und starrte konzentriert auf die Stricknadeln in ihren Händen.

Herr Moosbach lag neben ihr und schnarchte leise.

»Ich frage mich, was der Postkartenmann sein wird«, sagte Luisa. »Vielleicht Gott. Wo er doch der Älteste ist.«

»Gott kommt beim Krippenspiel nicht vor. Vier ...«, sagte Mandy.

Luisa richtete sich empört auf. »Wieso kommt denn Gott nicht vor? Wo er doch das Ganze eingefädelt hat.«

»Sieben, uff. Und eins, zwei ...«, sagte Mandy. »Er kommt eben nicht vor, so ist das. Vielleicht ist er unsichtbar. Drei, vier ...«

Luisa stellte ihre Tasse scheppernd auf den Tisch. *»Kannst du mir mal sagen, was du da machst?«*, fragte sie genervt.

»Oh. Ich stricke«, sagte Mandy würdevoll. »Einen Schal. Zwei, drei, vier, eine fallen lassen ...«

»Was hast du fallen lassen?« Luisa sah unter dem Tisch nach.

»Eine Masche«, sagte Mandy. »Eins, zwei, drei ...«

»Da ist keine Masche unter dem Tisch.«

»Natürlich nicht, Dummerchen. Die Maschen sind auf den Stricknadeln.«

»Ach was«, sagte Luisa. »Und für wen ist der Schal?«

»Für meine Mutter. Zu Weihnachten. Was schenkst du denn Martin?«

»Ooooch«, sagte Luisa. Darüber hatte sie noch nicht nachgedacht. Irgendwie hatte sie es ganz vergessen.

»Er könnte sicher einen Schal brauchen«, sagte Mandy. »Ich hab noch Wolle über. Kannst du stricken?«

»Nee-ee«, sagte Luisa. »Kann ich nicht. Stricken ist was für *Määädchen*.«

Mandy zog die Augenbrauen hoch. »Du bist ein Mädchen«, sagte sie.

»Ja, aber eine andere Sorte«, sagte Luisa und sah auf die Uhr. »Ich muss los zum Taekwondo.«

Sie griff sich ihre Jacke und schnupperte. »Was riecht hier eigentlich so komisch?«

»Das ist der Glühwein«, sagte Martin. Er stand hinter der Theke am Herd und rührte in einem Topf. »Ich übe – für den Draußenverkauf. Man kann den Leuten ja nichts verkaufen, was man nicht geübt hat. Und weil es wärmer ist, übe ich eben hier.«

»Klar, damit sich der Glühwein nicht erkältet«, sagte Luisa. In dem Topf war eine rote Flüssigkeit. Darin schwammen drei ganze Orangen. Es sah hübsch aus: Rotgoldene Inseln in einem roten Meer. »Warum sind die Orangen dadrin?«, fragte sie ihren Vater.

»Das steht so im Rezept«, antwortete er und wies mit einem Kopfnicken auf das Buch, das aufgeschlagen neben ihm lag. Luisa las.

»Tatsache«, sagte sie. »Mandy, ist Glühwein kirchlich?« »Eins, zwei – warum?«, fragte Mandy.

»Weil du dich dann vielleicht damit auskennst.«

»Eine fallen lassen, fünf, sechs – nein«, sagte Mandy. »Ich glaube nicht. Er ist nicht kirchlich.«

»Wie bitte?«, fragte Martin.

»Das heißt: Mandy hat auch keine Ahnung«, erklärte Luisa fröhlich und warf sich ihre Sporttasche über die Schulter. »Jemand muss mich zum Taekwondo fahren.«

»Ach du grüne Sieben!«, rief Martin, riss sich die Schürze ab und stellte den Herd aus. »Das hatte ich komplett vergessen. Los, du kommst noch zu spät.«

»Ich komme immer zu spät«, bemerkte Luisa.

Herr Moosbach gähnte und rollte sich von seiner Bank. Mandy raffte ihr Strickzeug zusammen und einen Moment später schloss Martin das Café hinter ihnen ab. Er öffnete Luisa und Herrn Moosbach die Beifahrertür zu dem klapprigen roten Lieferwagen und sie sausten los: die Kopfsteinpflasterstraße entlang, um die Kurve und über die alte hölzerne Klappbrücke.

Eine Weile stand Mandy gedankenverloren vor dem Café und sah dem Lieferwagen nach. Sie hoffte, dass Herrn Moosbach bei dem Tempo nicht schlecht wurde.

»Zwei, drei ...«, murmelte sie, während ihre Finger weiterstrickten. »Vier, fünf ... Oh. Ich glaube, man muss die Orangen klein schneiden, ehe man sie in den Glühwein tut. Ja«, sagte sie zufrieden. »Das glaube ich wirklich. Vielleicht ist Glühwein doch kirchlich.«

Und damit stapfte sie strickend nach Hause.

Geschichte zum 4. Dezember

Am nächsten Tag berief der Pfarrer gleich nach der Schule ein großes Generaltreffen der Krippenspieler ein. Er berief es ein, indem er zum Fischstand-Café ging und Luisas Namen brüllte.

Luisa kam gerade mit dem Fahrrad um die Ecke und bremste derart plötzlich, dass die Reifen auf den glatt gefrorenen Kopfsteinen ausglitten, und so fiel sie dem Pfarrer direkt in die Arme.

»He«, sagte sie außer Puste. »Was ist los? Wieso stehen Sie vor dem Fischstand-Café und brüllen meinen Namen?«

»Weil mir aufgefallen ist«, sagte der Pfarrer, »dass die Zeit knapp wird. Wenn wir dieses Krippenspiel noch vor Weihnachten auf die Reihe kriegen wollen, sollten wir langsam wirklich damit anfangen. Wir treffen uns in einer halben Stunde in der Kirche.«

Dann wandte er seinen Blick von Luisas blondem

Schopf dem Stand zu und sagte nachdenklich: »Irgendwie ist der Fischstand gar kein richtiger Fischstand mehr.«

»Na logo«, antwortete Luisa und wand sich aus den Armen des Pfarrers, der vergessen hatte, dass er sie schon längst hätte loslassen können. »Logo, bei dieser Kälte. Da könnten wir höchstens Tiefkühl-Fischstäbchen verkaufen.« Sie kicherte und richtete ihr Fahrrad auf.

»Aber wieso«, sagte der Pfarrer und lugte durch das Fenster des Cafés, »steht denn drinnen ein riesiger runder Topf auf der Theke?«

»Die meisten Töpfe sind rund«, erwiderte Luisa und schob ihr Fahrrad in Richtung Schuppen. »In einer halben Stunde bin ich da.«

Der Pfarrer hatte Recht: Wenn man die Kinder von Ammerlo zusammentrommeln wollte, war es das Beste, man sagte Luisa Bescheid. In der Küche schnappte sie sich eine Handvoll Kekse zum Mittagessen, rief Martin einen Gruß zu und rannte los. Mandy saß gegenüber vor ihrem Haus auf der Treppe. Sie hatte Erik, ihr weißes Kaninchen, auf dem Schoß und strickte. Ärgerlicherweise kamen ihr dabei dauernd die Schlappohren des Kaninchens in die Quere.

»Es ist viel zu kalt, um draußen herumzusitzen«, sagte Luisa. »Hast du nicht gemerkt, dass alles friert? Guck dir mal die Fenster von den Autos an!«

»Ich bin kein Auto«, sagte Mandy. »Und außerdem habe ich eine Jacke an.«

»Ja«, seufzte Luisa. »Eine rosa Jacke. Nimm deinen übergewichtigen Hasen und verleg dein Strickprojekt in die Kirche. Krippenspieltreffen.«

»Erik ist ein *Kaninchen*!«, rief Mandy ihr erbost nach. »Und er ist *nicht* übergewichtig! Er hat *nur viel Fell*!«

Doch da war Luisa schon um die Ecke.

Aik saß leider nicht vor der Tür, vielleicht weil er nicht strickte, und so suchte Luisa einen schönen Stein, den sie an sein Fenster werfen konnte. Die kleineren Steine waren aber alle am Boden festgefroren. Also nahm sie einen Keks.

Wie immer traf sie nicht das Fenster von Aik, sondern das Fenster des Segelbekleidungsladens darunter. Wie immer duckte sie sich rasch in ein Gebüsch, wie immer erschien der Ladenbesitzer wenige Sekunden später schimpfend auf der Treppe und wie immer ging noch ein wenig später im Stockwerk drüber das Fenster auf.

Aiks Mutter wartete jedes Mal, bis der Ladenmensch zu Ende geschimpft hatte, um dann Luisa zu begrüßen. Denn wenn der Ladenmensch schimpfte, wusste sie: Luisa war da.

»In einer halben Stunde in der Kirche!«, schrie Luisa hinauf und stopfte sich die restlichen Kekse in den Mund. »Er woll wif beeilen!«

Der Ladenbesitzer hörte sie und kam noch einmal zur Tür herausgeschossen. »Du!«, rief er und hackte mit einem feindlichen Zeigefinger nach Luisa. »Du bist das schon wieder! Du machst das extra! Nicht wahr? Extra! Ich weiß es genau! Deine Steine werden mir eines Tages ein Loch in die Schei...«

»Ef war ein Kekf«, sagte Luisa mit vollem Mund und besprühte den Ladenbesitzer mit einem Kekskrümelregen.

»Ein was?«, fragte der Mann und wischte sich die Wange ab.

Luisa schluckte. »Es war ein Keks, kein Stein. Ich habe einen Keks an Ihre Scheibe geworfen.«

Der Mann starrte ihr noch lange nach. »Warum?«, fragte er verständnislos in die klirrend kalte Winterluft.

Eine halbe Stunde später saßen sie alle in der vordersten Kirchenbank wie Hühner auf der Stange und warteten auf den Pfarrer. Levke saß *unter* der Kirchenbank und behauptete, dass Tiger das so machten.

Mandy strickte. Der Postkartenmann streichelte Erik, und Aik kraulte Herrn Moosbach, der ordentlich neben ihm auf der Bank Platz genommen hatte.

Nur Lukas fehlte. Luisa hatte ihn nirgends finden können. Sonst war er immer bei den Fischern drüben auf der anderen Seite des Flusses, aber heute hatte sie umsonst nach ihm gefragt. Ehe sie weiter darüber nachdenken konnte, wohin Lukas wohl verschwunden war und warum, flog die Seitentür neben dem Altar auf und der Pfarrer kam hereingestürzt.

Er blieb irritiert stehen und betrachtete die Reihe der erwartungsvollen Gesichter. Man konnte sehen, dass er zählte.

»Lukas«, stellte er dann mit Grabesstimme fest, »hat sich in ein weißes Kaninchen verwandelt. Letztes Mal war er da, und jetzt fehlt er, aber dafür ist ein weißes Kaninchen da.«

Mandy kicherte. »Nein, das ist doch Erik!«

»Erik ist hier, um abzunehmen«, sagte Luisa. »Falls es im Krippenspiel was gibt mit Sport oder so, dann will Erik das machen.« Mandy trat sie, Luisa quietschte und Aik sagte: »Ruhe!«

»Also, selbst mit dem Kaninchen«, erklärte der Pfarrer, »sind wir noch zu wenige. Deshalb habe ich diese Krisensitzung einberufen.«

»Deshalb – was?«, fragte Luisa.

»Er meint, deshalb sind wir jetzt hier«, flüsterte der Postkartenmann.

»Wir haben nur einen Hirten, überhaupt keinen heiligen König und weder einen Ochsen noch einen Esel«, stellte der Pfarrer fest. »Deshalb wollte ich euch bitten, alle Leute zu fragen, die noch mitmachen könnten.«

»Warum spielen Sie nicht mit?«, fragte Aik.

»Ein Pfarrer«, erklärte der Pfarrer würdevoll, »kann nicht in einem Krippenspiel mitspielen. Er muss den Gottesdienst machen. Beides gleichzeitig geht nicht.«

»Jemand anders könnte doch den Gottesdienst machen«, schlug Mandy vor. »Zwei, drei, fallen lassen ...«

»Wir *haben* aber keinen anderen«, sagte der Pfarrer. »Das ist es ja gerade: Wir haben nicht genug Leute. Luisa, hast du nicht eine ältere Schwester?«

»Ann-Kathrin«, sagte Luisa.

»... vier, fünf ...«, sagte Mandy. »Dings, äh, Ann-Kathrin hat bestimmt viel mit ihrem Studium zu tun. Irgendwie habe ich sie schon ziemlich lange nicht mehr gesehen.«

»Das liegt daran«, erklärte Luisa, »dass sie im Sommer draußen herumsteht und Fisch verkauft und im Winter nicht. Deshalb sieht man sie im Sommer mehr. Im Übrigen hat sie nicht mit ihrem Studium zu tun. Sie steht an der Theke im Fischstand-Café und schneidet Orangen in Viertel.«

»Ach«, sagte der Pfarrer.

»Das ist wegen Mandy«, fuhr Luisa fort. »Wussten Sie, dass Glühwein vielleicht kirchlich ist?«

»Wie?«

»Weil Mandy sich damit auskennt. Kennen Sie sich auch mit Glühwein aus?«

Der Pfarrer schüttelte den Kopf und vergrub seine Hand verwirrt in Eriks weißem Fell. »Leider nein. Aber, was immer Ann-Kathrin auch gerade tut ... könnte man sie nicht fragen, ob sie mitspielt? Mit krippenspielt, meine ich.«

»Ich weiß nicht«, sagte Luisa zögernd. »Sie ist schon ziemlich erwachsen für so ein Krippenspiel.«

»Man könnte«, sagte Aik, »auch die großen Jungen fragen. Ronny und Norbert. Aber die werden nicht wollen.«

Erik hopste vom Schoß des Postkartenmanns und hüpfte mit zwei großen Sätzen auf den Altar, wo er es sich zwischen den Kerzen bequem machte.

Der Pfarrer betrachtete ihn eine Weile gedankenverloren. »Er macht sich eigentlich gut da oben«, sagte er schließlich. »Vielleicht sollte ich ihn mir für die Sonntage ausleihen, damit mehr Leute in den Gottesdienst kommen.«

In diesem Moment knarzte die große Eingangstür der Kirche und alle drehten sich um.

Dort, im Spalt zwischen den Türflügeln, stand eine kleine, schmächtige Gestalt mit einer dicken braunen Strickmütze über den Augen.

»Das Meer!«, keuchte Lukas atemlos.

»Was ist mit dem Meer?«, fragte Luisa.

»Es friert.«

»Wir frieren alle«, sagte der Postkartenmann und zog seinen Schal enger.

»Ja, aber das Meer«, verkündete Lukas mit einer gewissen Feierlichkeit in der Stimme, »das Meer ist jetzt zugefroren. Man kann darauf laufen.«

So kam es, dass aus jenem zweiten Treffen der Krippenspieler wieder nichts wurde. Denn wenn das Meer zufriert, kann man nicht in einer Kirchenbank sitzen bleiben und sich Sorgen darüber machen, wie viele Krippenspieler man hat oder nicht hat.

Wenn das Meer zufriert, muss man sich das angucken.

Deshalb sprangen alle gleichzeitig auf und drängelten zum Ausgang.

»Wartet ...«, rief der Pfarrer.

Luisa dachte, er würde nun rufen: »Wartet! Wir müssen doch unsere Besprechung zu Ende besprechen!«

Aber er rief: »Wartet! Ich muss noch meine Pudelmütze holen!«

Geschichte
zum
5. Dezember

Die Luft draußen war jetzt so kalt, dass sie zitterte. Kein Wunder, dass das Meer beschlossen hatte zuzufrieren.

Mandy stopfte Erik unter ihre rosa Daunenjacke und Aik band Herrn Moosbach sein Halstuch um. Dann rannten sie los, den Fluss entlang zu der kleinen Bucht, in die er mündete.

Auch auf dem Fluss hatte sich eine Haut gebildet – wie auf Milchpudding. Eine Eishaut, auf der die Möwen in kleinen Grüppchen standen und sich darüber wunderten, dass sie nicht untergingen.

Dort, wo die blau und weiß gestrichenen Fischerboote durch den Fluss gefahren waren, hatte die Eishaut eine dunkelgraue Narbe.

»Trägt es?«, fragte Aik.

»Ich weiß nicht«, meinte Lukas, der aufgeregt neben ihnen herhopste. »Noch niemand hat es ausprobiert!«

Dann standen sie an der Nordmole, wo der Fluss ins Meer floss und das große Café seinen Aussichtsturm in den klaren blauen Winterhimmel reckte.

Levke ließ sich auf alle viere nieder und krabbelte zum Wasser hinunter. Sie streckte eine Hand nach dem Eis aus. »Tiger trägt es bestimmt!«, verkündete sie.

Aik packte sie an der Kapuze. »Tiger, die meine Schwester sind, gehen nicht aufs Eis«, sagte er ruhig. Levke fauchte und kratzte nach ihrem Bruder. »Tun sie wohl!«, schrie sie. »Wohl! Wohl!«

In diesem Moment dröhnte ein stotterndes Motorengeräusch heran und gleich darauf hielt ein altes Moped neben ihnen. Die Person, die das Moped gefahren hatte, nahm ihren Helm ab und schüttelte ihr blondes Kringelhaar nach hinten.

»Was ist hier los?«, fragte Ann-Kathrin. »Gibt's hier was umsonst?«

Durch den Benzingestank hindurch verbreitete sie einen Geruch von geviertelten Orangen und die blasse Sonne ließ ihre roten Wangen leuchten. Luisa dachte, dass es doch ziemlich gut war, eine *große* Schwester zu haben. Vor allem so eine wie Ann-Kathrin, die Moped fuhr und Orangen viertelte und Fische fing und notfalls auch einen Einbrecher in die Flucht schlagen konnte.

»Die Bucht ist zugefroren«, verkündete Lukas stolz – gerade so, als hätte er sie eigenhändig zufrieren lassen.

»Und man kann vielleicht über das Eis laufen. Aber das wissen wir noch nicht.«

»Das ist doch was«, sagte Ann-Kathrin. »Ich wette, Mandy ist noch nie auf dem Meer spazieren gegangen.«

Mandy schüttelte den Kopf. In Frankfurt, wo sie früher gelebt hatte, froren nur die Pfützen zwischen den Hochhäusern zu.

»Letztes Jahr«, erzählte Luisa, »ist Ann-Kathrin mit ihren Skiern bis nach Rügen gelaufen. Langlauf.«

»Ein ziemlich langer Lauf«, gab Mandy zu. »Bei uns fährt man mehr so die Berge runter. Aber die habt ihr hier ja nicht.«

»Auf Usedom gibts den Adlerberg«, wandte Aik ein. »Der ist zwei Meter hoch. Mit Adler.«

Luisa kicherte. Doch dann verstummte sie plötzlich. »Seht mal«, sagte sie. »Da!«

Die andern folgten ihrem Blick auf den Fluss hinaus. Dort, auf der dünnen Eishaut, war jemand unterwegs. Jemand in Wollpullovern und Pudelmütze.

»Ich fress 'nen Tiger, wenn das nicht der Pfarrer ist!«, murmelte Aik. »Da stehen wir hier rum und quatschen, und der Pfarrer macht sich einfach so davon.«

»Er sieht nicht sehr sicher aus«, bemerkte Luisa besorgt. »Bestimmt rutscht er gleich aus.«

»Wohin will er?«, fragte Mandy.

Genau in diesem Augenblick drehte der Pfarrer sich

um und winkte mit beiden Armen. »Es trägt!«, schrie er. »Es trägt ganz wunderbar! Ich laufe zur Südmole!«

Die Süd- und die Nordmole fassten die Mündung des Flusses ein und genau dazwischen verlief – logischerweise – die Fahrrinne für die Schiffe.

»Kommen Sie zurück!«, schrie der Postkartenmann, der sonst niemals schrie. »Das ist gefährlich!«

»Waaas?«, schrie der Pfarrer zurück und legte die Hände an die Ohren.

»Ge-fähr-lich!«, schrie der Postkartenmann. Und Luisa, Mandy, Aik, Lukas und Levke schrien im Chor: »Zurüüück-kooo-mmeen!«

Der Pfarrer grinste, zuckte die Wollpulloverschultern, weil er wohl immer noch nichts verstanden hatte, und ging weiter. Luisa hopste nervös auf und ab und Mandy knetete Eriks Ohren, die oben aus ihrer Jacke herausguckten. »Das kann nicht gut gehen«, sagte Aik. »Er läuft genau auf die Fahrrinne zu. Da ist das Eis so dünn wie Papier.«

Geschichte zum 6. Dezember

»Man muss etwas tun!«, rief Lukas. »Man muss ihn zwingen umzudrehen! Luisa, mach doch was!« Selbst Herr Moosbach lief nervös am Ufer hin und her.

Nur Ann-Kathrin stand seelenruhig an ihr Moped gelehnt und sah dem Pfarrer dabei zu, wie er über das Eis stakste. Er sah dabei aus wie ein großer, ungelenker Vogel.

Jetzt war der Vogel beim dunklen Streifen der Fahrrinne angekommen. Er setzte einen Fuß darauf, den zweiten ...

Ein Knirschen lief durch das Eis. Der Pfarrer blieb stehen und sah sich besorgt um.

Und dann brach er ganz langsam ins Eis ein.

»Da sinkt er hin«, sagte Ann-Kathrin. »Sieh an, sieh an.« Der Pfarrer breitete die Arme aus, um nicht ganz zu versinken, und hing schließlich im Eis wie ein großer Anker.

»Wir müssen etwas tun!«, rief Lukas noch einmal. »Aber was, aber was?«

»Eine Leiter!«, rief Aik. »Wir brauchen eine Leiter!«

»Wozu denn das?«, rief Luisa.

»Das ist in Filmen immer so! Man schiebt die Leiter vor bis zu dem Einbrecher, also, dem Eingebrochenen ...«

Ann-Kathrin seufzte und stieß sich von ihrem Moped ab. »Ja«, sagte sie, »man wird ihn wohl retten müssen.«

Damit ging sie hinunter zum Eis, prüfte mit einem Fuß, ob es hier hielt, und lief dann hinaus auf den Fluss. Luisa krallte sich an Aiks Arm fest, was sie immer tat, wenn sie aufgeregt war.

»Ihr wird doch nichts passieren?«, fragte der Postkartenmann besorgt.

»Ann-Kathrin passiert nie etwas«, sagte Luisa fest. »Um die braucht man sich keine Gedanken zu machen. Ich jedenfalls mache mir keine.«

Aik betrachtete seinen Arm, den Luisa umklammert hielt, und lächelte still.

Atemlos sahen sie zu, wie Ann-Kathrin über das dünne Eis lief. Sie bewegte sich vorsichtig, Schritt für Schritt testete sie das Eis immer erst mit einem Fuß, zog dann den anderen nach.

»Ich komme!«, rief sie dem Pfarrer zu.

Und Luisa rief ebenfalls: »Sie kommt!«

Ja, und dann war Ann-Kathrin ganz nah bei der Fahrrinne. Sie legte sich auf den Bauch, robbte noch näher ... noch ein bisschen näher an den Pfarrer heran ... und streckte einen Arm aus.

Luisa konnte sehen, wie viel Mühe der Pfarrer hatte, ihre Hand zu ergreifen. Bestimmt war er von oben bis unten starr vor Kälte. Aber Ann-Kathrin hielt seine Hand fest und zog. Sie zog und zog und robbte dabei langsam rückwärts und sah aus wie ein sehr großer, schlanker Seehund in Jeans.

Inzwischen hatte sich eine kleine Menschenmenge an der Mole versammelt. Zwischen den Leuten stand auch der Griesgram mit seinem großen schwarzen Zottelhund. Beide schienen sie zu knurren. Sie waren im Dorf bekannt dafür – für jede Art von Knurren, und Luisa hörte den Griesgram sagen: »Da kann man mal sehen, wie bekloppt es ist, sich auf dieses dünne Eis hinauszuwagen. Vollkommen bekloppt. Sollen sie ruhig allesamt einbrechen und auf Nimmerwiedersehen darin verschwinden, kindisches Pack.«

»Ob er weiß, dass das der Pfarrer ist, der da versinkt?«, flüsterte Aik.

»Er versinkt überhaupt kein bisschen«, verkündete Luisa und löste ihren Klammergriff um Aiks Arm ein wenig. »Jetzt hat Ann-Kathrin ihn nämlich schon fertig gerettet. Siehste wohl.«

Ihre Schwester kniete nun auf dem Eis und neben ihr lag der Länge nach hingestreckt der gerettete Pfarrer – weit genug entfernt von der Fahrrinne.

»Wir kommen jetzt zurück!«, rief Ann-Kathrin.

»Das halte ich für eine gute Idee«, murmelte der Postkartenmann.

Ann-Kathrin packte den Pfarrer unter den Achseln und schleifte ihn ein Stück übers Eis. Schließlich stellte sie ihn mühsam auf die Beine.

Da ertönte aus der Menschenmenge ein entsetzter Schrei.

Alle fuhren herum und Herr Moosbach bellte heiser. Jemand drängte sich nach vorn.

»Ann-Kathrin!«, rief der Jemand. »Was, um alles in der Welt, macht sie da?«

Es war Frederick – und das, sagte sich Luisa, hätte man wohl ahnen können. Wenn Ann-Kathrin irgendwo war, war Frederick meist nicht weit. Frederick war Student, hatte ein Zimmer hinter der Bäckerei und ein Problem: Seit er Ann-Kathrin das erste Mal gesehen hatte, war er hemmungslos in sie verliebt. Einmal hatte er versucht eine Katze vom Kirchdach zu retten, um Eindruck bei ihr zu schinden. Doch am Ende hatten sie nicht nur die Katze, sondern auch ihn herunterholen müssen, weil er nicht schwindelfrei war.

»Warte!«, rief Frederick jetzt und stürzte auf die glitzernde Eisfläche der Flussmündung zu. »Rühr dich nicht von der Stelle! Ich komme! Keine Angst ...«

Mit diesen Worten begab er sich als Dritter an diesem Tag aufs Eis hinaus und Aik seufzte.

Frederick trug winters wie sommers eine grüne Cordhose. Schon im Sommer erinnerte er stark an einen großen, schlaksigen Frosch, aber jetzt erinnerte er an einen großen, schlaksigen Frosch auf dem Eis, und das war wirklich absurd.

Der Frosch hatte Ann-Kathrin und den triefenden Pfarrer jetzt beinahe erreicht. »Keine Angst!«, wiederholte er und griff nach Ann-Kathrins Arm.

Doch durch Frederick kam das vierbeinige Gespann endgültig aus dem Gleichgewicht.

Ann-Kathrin fluchte laut und gleich darauf schlugen sie alle drei der Länge nach hin.

Luisa drückte die Daumen, dass das Eis hielt, und daher hielt es.

»So«, sagte Ann-Kathrin langsam, als sie sich aufsetzte. Man konnte bis an die Mole hören, dass sie wütend war. »So, mein lieber Frederick, und jetzt gehst du sofort zurück ans Ufer, verstanden? Lass mich den Pfarrer hier allein vom Eis schaffen.«

Frederick nickte und rappelte sich benommen auf.

Wenig später schleifte Ann-Kathrin den Pfarrer an Land. Die Hosenbeine klebten an seinen Beinen wie eine zweite Haut, er triefte und klapperte mit den Zähnen. »Das war die F-F-Fahrrinne«, sagte er. »Die ha-hatte ich v-v-vergessen – tschiiiiii!«

Aik musterte ihn von oben bis unten.

»Wir wohnen am nächsten«, sagte er. »Am besten, Sie kommen mit zu uns. Meine Mutter hat eine Menge Übung darin, Leute aufzuwärmen, die ins Wasser gefallen sind.«

»Einem Tiger«, sagte Levke und besah sich den Pfarrer ebenfalls kritisch, »wäre das nicht passiert.«

Luisa fand eine Schraube in ihrer Tasche, die sie gegen die Scheibe des Segelladens warf. Als der Ladenbesitzer mit seiner Schimpfkanonade fertig war, beugte sich Aiks Mutter oben aus dem Fenster.

»Du meine Güte!«, rief sie. »Was habt ihr mit dem Pfarrer angestellt?«

»Nichts!«, rief Aik. »Er ist ganz von allein ins Eis eingebrochen!«

»Tja«, sagte Aiks Mutter. »Ich erinnere mich da an ein

Frühjahr und einen langen Sommer, als ich dauernd ins Wasser gefallene Leute aufgewärmt habe. Sieht aus, als würde sich das auch im Winter nicht ändern. Ich setze schon mal die Milch für den Kakao auf.«

Als der Kakao in den Tassen dampfte, saßen sie alle versammelt um den großen Tisch in der Küche. Der Pfarrer hatte eine heiße Dusche genommen und trug jetzt Kleider von Aiks Vater, der mal wieder nicht da war.

Die geliehenen Vater-Sachen waren dem Pfarrer etwas zu weit.

Aiks Mutter reichte ihm eine Tasse dampfenden Kakao, und Mandy reichte ihm Erik, das weiße Schlappohrkaninchen.

»Sie können ihn als Wärmflasche benutzen«, sagte sie großzügig. »Das mache ich auch immer, wenn mir kalt ist.«

»So eine fette Wärmflasche hab ich ja noch nie gesehen«, sagte Luisa und Mandy kniff sie unter dem Tisch in die Seite.

Draußen vor dem Backsteinhaus aber stand Ann-Kathrin neben ihrem Moped, ließ den Helm an seinem Riemen hin und her baumeln und blickte zum Fenster hinauf, von dem fröhliches Stimmengewirr in den Winterabend hinausdrang.

»Dann ist ja alles wieder gut«, sagte sie.

»Ja, äh«, machte Frederick. »Ich wollte nur sagen: 'schuldigung, dass ich dich aus dem Gleichgewicht ... es sah so fürchterlich gefährlich aus ... na ja, ich ... ich wollte ... dich ... retten, weißt du.«

Ann-Kathrin seufzte. »Dann versuch bitte nie wieder mich zu retten«, sagte sie, stülpte den Helm über ihre blonden Locken und stieg auf das Moped.

»Na los!« Sie nickte Frederick zu. »Worauf wartest du? Spring auf, die paar Meter bis zu deiner Bude kann ich dich jetzt auch noch mitnehmen.«

Geschichte zum 7. Dezember

»Und jetzt«, beendete Lukas seinen Bericht, »ist der Pfarrer also krank.« Er, Luisa, Aik und Mandy saßen im Café. Unter dem Tisch saßen Herr Moosbach und der Tiger. Martin rührte in einem Topf, aus dem es duftete. »Was bedeutet, dass er im Bett liegt und hustet und schnieft«, ergänzte Lukas. »Was wiederum bedeutet, dass er das Krippenspiel nicht leiten kann.«

»Was wiederum bedeutet«, sagte Luisa mit Grabesstimme, »dass es kein Krippenspiel geben wird.«

»Dann werde ich *nicht* Maria sein?«, fragte Mandy entsetzt. »Ich wäre so schön gewesen als Maria.«

»*Niemand* wird *irgendetwas* sein«, sagte Luisa düster und sah Martin zu. »Was tust du da eigentlich?«

Ihr Vater wedelte sie beiseite und rührte weiter. »Stör mich nicht«, meinte er, »ich konzentriere mich auf das Glühweinrezept. Ich will endlich mal anfangen das Zeug am Fischstand zu verkaufen.«

»Und wenn jemand anders das Krippenspiel leitet?«, fragte Aik. »Was ist mit dem Postkartenmann?«

»Den hat der Pfarrer schon gefragt«, erklärte Lukas. »Der Postkartenmann sagt, er kann das nicht.«

»Chchch«, machte Levke unter dem Tisch, wo sie auf allen vieren saß.

»Wie bitte?«, fragte Mandy.

»Lass sie«, sagte Aik, »sie hat gefaucht. Das ist so bei kleinen Schwestern, die Tiger sind.«

Luisa seufzte und eine Weile war es sehr still in Martins Café. Nur der Glühwein, den Martin mit seinem großen Holzlöffel umrührte, machte ab und zu *schwupp* oder *schwapp* und manchmal auch *schlurf*. Alle, außer dem Glühwein und Martin, brüteten still und bedrückt vor sich hin.

In diese Stille hinein öffnete sich die Tür und der scharfe Winterwind wehte Aiks und Levkes Mutter in den kleinen niedrigen Raum.

Sie hatte rote Wangen und eine Einkaufstüte im Arm.

»Ich suche meine Kinder«, erklärte sie. »Hat jemand sie gesehen?«

»Nein«, antwortete Aik, der plötzlich eine Idee hatte. »Hier gibt es nur Tiger und Marias und Josefe. Aber wir sind auch auf der Suche. Wir suchen jemanden, der das Krippenspiel leitet, weil der Pfarrer krank ist.«

»Kein Wunder«, sagte Aiks Mutter, »wenn er bei diesem Wetter unbedingt im Fluss baden will. Darf ich den Tiger kraulen?«

»Rrrr«, schnurrte Levke und kam unter dem Tisch hervor, um sich an die Beine ihrer Mutter zu schmiegen.

»Du hast gar nicht richtig zugehört!«, rief Aik und sprang auf. »Wir suchen jemanden, der das Krippenspiel leitet! Jemand Erwachsenes!«

»Natürlich!«, rief nun auch Luisa und schlug mit der Hand auf die Theke, dass Martins Topf nur so hüpfte. »*Sie* könnten das doch machen!«

Aiks Mutter zog erstaunt die Brauen hoch. »Ich?«, fragte sie.

»Klar«, sagte Mandy. »Mit Kirchensachen kenn ich mich aus und ich weiß: Mütter können Krippenspiele ganz wunderbar leiten.«

»Logo«, sagte Lukas.

»Miau«, sagte Levke leise, da sie sich nicht ganz sicher war, ob Tiger »Miau« sagen.

Aiks Mutter hob hilflos die Arme, wobei ihr fast die Einkaufstüte hinunterfiel. »Na, wenn ihr alle meint«, sagte sie. »Dann – dann treffen wir uns heute Abend um fünf Uhr in der Kirche. Ich frage den Pfarrer, ob er was dagegen hat.«

Luisa rannte auf Aiks Mutter zu und umarmte sie. »Ich bin nämlich der Engel«, flüsterte sie ihr ins Ohr.

»Und ich bin ein Hirte«, sagte Lukas.

»Und ich bin mit dem Glühwein fertig«, verkündete Martin. »Möchten Sie ihn probieren, bevor ich ihn nach draußen zum Fischstand trage?«

»Oh, danke«, sagte Aiks Mutter und nahm die Tasse entgegen, die Martin ihr reichte. »Aber was sind denn das für Blütenblätter in Ihrem Glühwein?«

Martin runzelte die Stirn. »Das steht so in dem Rezept. Das sind die Nelken. Da steht sogar, man soll ganze Nelken verwenden. Aber ich habe die Stiele abgeschnitten, das schien mir besser.«

»Ah.« Aiks Mutter nickte. »Und ich dachte immer, Nelken wären so ein kleines, braunes Gewürz.«

Martin schwieg betreten und Luisa begann hinter vorgehaltener Hand zu kichern.

»Ich glaube, Sie haben Recht«, sagte Martin nun. »Nelken *sind* ein kleines, braunes Gewürz. Sie heißen nur genauso wie die Blumen. Das hatte ich vergessen.«

Geschichte zum 8. Dezember

»Ich geh dann wohl mal zu der Krippenspielprobe«, sagte Lukas.

Sein Vater wischte sich an seiner orangefarbenen Öljacke die Fischschuppen von den Händen und holte die Pfeife aus der Tasche. Die Fischer waren gerade fertig damit, ihren Fang aus dem ersten Netz zu befreien.

»Bei diesem Wetter«, sagte Lukas' Vater, »braucht man den Fisch nicht mal einzufrieren. Man zieht ihn schon tiefgekühlt aus dem Bodden.«

Er stopfte die Pfeife, zündete sie umständlich an und begann zu paffen, während er Lukas betrachtete, der zwischen den großen, breiten Fischern aussah wie ein verirrter Zwerg.

»Du hörst mir gar nicht zu«, sagte Lukas. »Ich gehe jetzt krippenspielen. Als Hirte. Erinnerst du dich? Jedenfalls ist hier der Haustürschlüssel.«

»Hm«, machte Lukas' Vater und paffte weiter.

Irgendwie roch der Rauch seiner Pfeife sonst besser, fand Lukas.

»Was rauchst du da?«, fragte er.

»Aldi«, sagte sein Vater. »Aldi-Tabak ist billiger.«

»Müssen wir plötzlich noch mehr sparen als sonst?«, fragte Lukas entsetzt.

Doch sein Vater drehte sich nur um und sah auf den Fluss hinaus, ohne zu antworten.

Lukas und Luisa waren die Ersten in der Kirche.

»Ich freu mich schon auf den Weihnachtsabend«, sagte Luisa, »wenn hier der große Baum steht. Hoffentlich ist der Pfarrer bis dahin wieder gesund, damit er den Baum aufstellen kann.«

Lukas sah auf seine Fußspitzen hinunter.

»Wir kriegen dies Jahr wieder keinen Baum«, sagte er leise.

»Wieso?«, fragte Luisa.

»Mein Vater findet, es ist Unsinn, Geld dafür rauszuwerfen. Wo man ihn doch sowieso nachher wieder wegschmeißt.«

»Aber Weihnachten ohne Baum!«, rief Luisa. »Das geht doch nicht!«

Lukas zuckte mit den Schultern und seufzte.

»Was geht nicht?«, fragte Aik, der mit Levke und seiner Mutter zur Tür hereinkam.

»Ach, nichts«, sagte Lukas.

Und dann kamen auch Mandy und der Postkartenmann, und Aiks Mutter verteilte die Texte.

»Das sind aber eine Menge Wörter«, sagte Mandy.

»Eine Menge«, stimmte Luisa zu. »Müssen wir das alles auswendig lernen?«

»Man muss es so machen wie mit einem Gedicht«, sagte der Postkartenmann.

»Ach, Sie! Sie haben ja gar keinen richtigen Text!«, rief Luisa. »Sie müssen bloß die Tür aufmachen und sagen, dass in dem Hotel kein Zimmer mehr frei ist.«

»Herberge«, verbesserte Mandy, »es war eine Herberge, Luisa, kein Hotel.«

»Davon wird mein Text auch nicht weniger«, knurrte Luisa.

»Fürchtet euch nicht! Wer sagt denn so was! Kann ich das nicht anders sagen?«

»Bei einem Krippenspiel muss man alles so sagen, wie es in der Bibel steht«, erklärte Aiks Mutter. »Das hat der Pfarrer mir zumindest so erklärt.«

»Ich verkündige euch eine große Freude!«, las Luisa. »Eine was?«

»Das heißt, dass du ihnen sagst, dass etwas Tolles passiert ist«, erklärte Aiks Mutter.

»Ach. Und warum *sage* ich das dann nicht?«, wunderte sich Luisa.

Aiks Mutter hob verzweifelt die Schultern. »Hab ich die Bibel geschrieben oder wer?«

»Gott, dachte ich«, sagte Lukas.

»Quatsch«, sagte Mandy. »Gott hat doch nicht die Bibel geschrieben! Für so was hätte er doch gar keine Zeit.«

»Nicht?«, fragte Lukas verunsichert und sah zu Aiks Mutter hinüber.

»Die Bibel haben die Iwangelisten geschrieben«, sagte Mandy. »Ihr wisst aber auch gar nichts.«

Aik seufzte. »Mandy«, sagte er, »halt den Mund.«

»Bitte«, sagte Mandy eingeschnappt, hielt aber den Mund, weil Aik der Größte war. Sie holte ihr Strickzeug hervor und begann beleidigt Maschen zu zählen.

»Selbst wenn alle den Text perfekt können«, sagte Aiks Mutter, »haben wir immer noch keinen einzigen heiligen König. Und nur einen Hirten. Und ...«

Da öffnete sich die große Kirchentür und jemand bellte. Obwohl Lukas erzählt hatte, der Pfarrer würde wirklich schlimm husten, war es jedoch nicht der Pfarrer.

»Herr Moosbach!«, rief Luisa und drehte sich erstaunt um. »Ich hatte dich doch zu Hause gelassen! Bist du allein gekommen?«

»Ist er nicht«, sagte Ann-Kathrin und schloss die Kirchentür. »Du hast gesagt, ihr braucht noch Leute. Nun, hier sind wir.«

»Ja, äh«, sagte Frederick. »Ich dachte, wenn Ann-Kathrin nicht zu alt für ein Krippenspiel ist, bin ich bestimmt auch nicht zu alt.«

»Wunderbar!«, sagte Aiks Mutter erfreut und kramte in ihren kopierten Blättern.

»Ann-Kathrin kann einen Hirten machen. Und Sie, Frederick, sind der Heilige Drei König. Auch wenn ich nicht glaube, dass es im Morgenland froschgrüne Cordhosen gab.«

Später, als der Mond schon hoch und kalt über dem alten Friedhof stand, gingen alle Krippenschauspieler textmurmelnd in verschiedene Richtungen nach Hause – die Hände tief in den Jackentaschen vergraben. Mandy trug Erik im Arm wie einen weißen Muff.

»Guter Mann, habt Ihr noch einen Platz in Eurem Hotel?«, flüsterte sie in sein weiches Fell. »Äh, in Eurer Herberge?«

»Und dies nehmt zum Zeichen: Ihr werdet kinden das Wind ... winden das Find ... Kind in Findeln gewickelt – verdammt!«, murmelte Luisa. »Das kann ja kein Mensch aussprechen!«

»Ich mit meinem angetrauten Weibsbild ...«, murmelte Aik.

Nur Lukas murmelte nichts, denn als Hirte hat man keinen Text. Er warf den Tannen auf dem Friedhof sehnsüchtige Blicke zu, und da musste Luisa wieder an den Weihnachtsbaum denken, den es bei Lukas zu Hause nicht geben würde.

An diesem Abend lag sie lange wach und sagte vor sich hin: »Fürchtet euch nicht ... einen Baum ... ich werde euch bringen einen großen Baum ... äh, eine große Freude ... man muss einen Baum für Lukas besorgen ...«

Dann schlief sie ein und träumte von einem Engel mit einem Heiligenschein aus lauter Tannennadeln, der einen großen, schönen Weihnachtsbaum unter dem Arm hatte und damit langsam vom Himmel herabschwebte –wie Engel das eben so machen.

Geschichte zum 9. Dezember

Am nächsten Tag in der Schule konnte Luisa nicht aufpassen. Sie sah aus dem Fenster und dachte über Lukas' Weihnachtsbaum nach. Der Himmel bestand seit dem Morgen aus einer dichten hellgrauen Masse. Und nachdem Luisa eine ganze Weile in die hellgraue Masse gestarrt hatte, begannen daraus Flocken zu fallen.

Da vergaß sie den Baum und stieß Mandy an, die neben ihr saß.

»Es schneit!«, flüsterte sie.

»Tatsache«, flüsterte Mandy. »Und es wird mehr!«

Sie beobachteten gemeinsam, wie die Flocken sich auf den Boden des Schulhofs setzten, ihn mit weißen Flecken übersäten und ihn schließlich ganz und gar bedeckten wie eine dünne Schicht Zuckerguss.

»Mandy, Luisa«, sagte die Lehrerin. »Könntet ihr jetzt wohl wieder am Unterricht teilnehmen?«

»Aber es schneit!«, sagte Luisa. »Es schneit den ersten

Schnee in diesem Winter. Da kann man ja wohl keinen Unterricht machen!«

Die Lehrerin kam ans Fenster und sah ebenfalls hinaus, und schließlich musste sie einsehen, dass es besser wäre, wenn alle heute ein wenig früher nach Hause gingen.

Die hölzerne Klappbrücke sah in Weiß ganz anders aus. In der Mitte blieben sie stehen, um den zugefrorenen Fluss zu bewundern, der sich in eine breite weiße Straße verwandelt hatte.

Luisa sammelte Schnee vom Brückengeländer.

»Das wird der erste Schneeball des Jahres«, verkündete sie feierlich.

»Duck dich, Mandy!«, rief Aik, als Luisa ausholte.

Mandy duckte sich. Was Aik nicht bedacht hatte, war, dass er hinter ihr stand. Der Schneeball landete genau auf seiner Nase. Einen Moment lang sah er sehr verdattert aus.

»Na warte!«, rief er dann und bückte sich nach dem Schnee zu seinen Füßen.

»Nimm dich in Acht, das wird der größte Schneeball des Jahres!«

Luisa kicherte und schlitterte über die Brücke davon.

Aik nahm die Verfolgung auf – und hörte ein dumpfes *Toff!*, als der Schneeball traf.

»Ziiiiiel!«, rief er. Doch dann merkte er, dass es nicht Luisa war, die er getroffen hatte.

Es war der Griesgram und er wirkte wenig erfreut über Aiks schönen Treffer.

Man sah, wie er Luft holte, um zu schimpfen. Und auch der große, schwarze Hund schien Luft zu holen.

Zum Glück fuhr gerade da Frederick zwischen Aik und dem Griesgram vorbei. Das Kopfsteinpflaster der Dorfstraße war unter einem feuchten Federbett aus Schnee noch rutschiger als bei Regen, und der Griesgram sprang zurück, als Frederick sein schlingerndes Rad mit einiger Mühe an ihm vorbeilenkte.

Es wäre sicher alles gut gegangen, wenn nicht in genau diesem Augenblick ein rosaroter Trabbi aus der Kirchstraße gebogen wäre.

»Vorsicht!«, rief jemand aus dem Trabbi. »Ich kann nicht bremsen!«

»Ich auch nicht!«, schrie Frederick und versuchte auszuweichen. Leider geriet er dabei ins Schleudern und kurz darauf lag er der Länge nach im Schnee.

Der rosarote Trabbi kam in einigen Schlangenlinien schließlich ebenfalls zum Stehen.

Luisa und Mandy sahen zu, wie sich aus seinem Inneren eine bekannte Gestalt entkringelte: Es war der Postkartenmann.

»Ist alles in Ordnung?«, erkundigte er sich besorgt

und beugte sich über Frederick. Frederick knurrte nur und rappelte sich auf.

»Das kommt davon, wenn man Schneebälle wirft«, bemerkte der Griesgram, was unlogisch war, denn schließlich hatten weder Frederick noch der Postkartenmann einen Schneeball geworfen. Aber der Griesgram war froh, dass er geschimpft hatte, und ging jetzt weg.

»So im Schnee«, sagte Luisa zu Frederick, »ist deine grüne Cordhose beinahe hübsch.«

»Er erinnert mich an den Weihnachtsbaum, an dem ich gerade vorbeigefahren bin«, sagte der Postkartenmann. »Denkt euch: Ich kam die Allee entlang und da lag ein nigelnagelneuer Weihnachtsbaum im Graben, mitten im Schnee. Jemand muss ihn verloren haben.«

»Verloren?«, fragte Luisa nachdenklich. »Einen Weihnachtsbaum, sagen Sie?«

»Aber ja«, antwortete der Postkartenmann und half Frederick, seine Jacke abzuklopfen. »Oder vielleicht brauchte ihn jemand nicht mehr.«

»Da wäre jemand, der ihn sehr braucht«, sagte Luisa. »Sie würden ihn doch wiederfinden?«

»Man muss nur die Allee entlangfahren.«

»Dann sollten wir genau das tun«, meinte Luisa zufrieden. »Los, Mandy, komm.«

»Wie? Jetzt?«, fragte Mandy. »Ich muss noch drei Reihen an meinem Schal stricken und ...«

Luisa packte sie am Arm. »Das kannst du auch später tun. Wir müssen den Baum holen, ehe es jemand anders tut. Lukas braucht dringend einen Weihnachtsbaum. Das ist *die Gelegenheit*!«

»Ich komme wohl auch mit?«, fragte der Postkartenmann.

»Logo, Sie fahren doch das Auto«, erklärte Luisa.

»Aber in den Trabbi passt kein Baum.«

Luisa überlegte einen Moment. »Macht nichts«, sagte sie. »Warten Sie. Ich bin gleich wieder da.«

Sie schnappte sich zu Hause ein Fischbrötchen zum Mittagessen, knuddelte im Vorübergehen Herrn Moosbach und nickte Martin zu, der über einem weiteren Rezept für Glühwein brütete.

»Brauchst du den Schlitten gerade?«, erkundigte sie sich beiläufig. »Und dieses lange Tau, das hier hängt?«

Martin schüttelte den Kopf, ohne von seinem Rezeptbuch aufzusehen. »Bisher ist mir noch kein Glühweinrezept bekannt, in dem Holzschlitten und Taue vorkommen«, murmelte er geistesabwesend. »Zucker, Zimt, Orangensaft ... Luisa?«

Er sah auf, doch Luisa war nicht mehr da.

»Was willst du mit dem Schlitten?«, fragte Martin ins Leere. »Und mit dem langen Stück Tau?«

»Wir machen es so«, erklärte Luisa dem Postkartenmann. »Wir knoten das Seil hier an der Lehne vom Sitz fest und lassen die Kofferraumklappe offen, und dann binden wir hinten den Schlitten an und darauf binden wir den Baum.«

»Wenn du meinst«, sagte der Postkartenmann.

»Lass mich mal, ich kann einen Strickknoten«, sagte Mandy und setzte Erik auf den Beifahrersitz.

Frederick war inzwischen nach Hause gegangen, um seine grüne Cordhose zu trocknen.

»Früher haben wir das auch gemacht«, sagte der Postkartenmann und sah in die Ferne. »Wir haben jeden Winter einen Schlitten hinter den Trabbi gebunden und uns darauf ziehen lassen.«

Luisa und Mandy sahen sich an.

»Auf dem Hinweg haben wir keinen Baum«, sagte Mandy.

Einen Moment später saßen die Mädchen hintereinander auf dem Schlitten und der Postkartenmann startete den widerspenstigen Motor.

Noch einen Moment später bewegte sich ein rosaroter Trabbi mit einem Schlitten im Schlepptau langsam die Kirchstraße hinunter, an der Kirche vorbei und den letzten Häusern von Ammerlo. Allmählich gewann er an Fahrt und bog in die Allee ein, die zur Stadt führte.

Geschichte zum 10. Dezember

»Huiiiiiiii!«, schrie Luisa.

»Ouuuuuuuuuiiiii!!«, schrie Mandy.

Ihre Haare flogen im Fahrtwind und die Kufen des Schlittens sausten nur so durch den frischen Schnee.

Dann kam die erste Kurve und Luisa fühlte, wie sich Mandys Finger in ihre Schultern bohrten. Sie lehnte sich so weit zur Seite, wie sie konnte, um das Gleichgewicht zu halten, schloss die Augen – und merkte, wie Mandy hinter ihr aufatmete. Sie fuhren wieder gerade.

»Wir – wir sind ganz schön schnell!«, keuchte Mandy.

»Das kommt dir nur so vor!«, rief Luisa. Aber ihr kam es auch so vor.

Vielleicht erinnerte sich der Postkartenmann nicht mehr so genau daran, wie schnell man fuhr, wenn man einen Schlitten im Schlepptau hatte.

Oder vielleicht konnte er auch einfach nur wieder einmal nicht bremsen.

»Da kommt noch eine Kurve!«, schrie Mandy.

Luisa biss die Zähne zusammen. Plötzlich war sie ein wenig neidisch auf Erik, der seine beachtliche Masse sicher und behaglich auf dem Beifahrersitz verteilte.

Sie überstanden auch die zweite und die dritte Kurve.

»Langsam kriegen wir Übung!«, schrie Luisa gegen den Fahrtwind an. Ihre Wangen glühten, so eisig kalt war der Fahrtwind, und die Luft schnitt in ihre Lungen. Dennoch begann ihr das Ganze ungemein zu gefallen.

»Da kommt die nächste Kurve!«, quietschte sie. »Halt dich fee-eee...«

Doch diesmal kam sie nicht weiter. In dieser Kurve nämlich gab es eine Schneewehe – eine große, unvorhergesehene Schneewehe. Der Postkartenmann schaffte es nicht mehr, ihr auszuweichen. Der rosarote Trabbi schlingerte, rutschte, geriet ins Schleudern und drehte sich einmal um die eigene Achse.

Luisa fühlte, wie sie durch die Luft flog. Die Welt um sie herum bestand für Momente aus weißem Chaos mit rosaroten Flecken. Dann landete sie unsanft in etwas Kaltem.

Einen Augenblick lang blieb sie liegen und vergewisserte sich, dass sie noch ganz war.

»Luisa?«, hörte sie Mandys Stimme neben sich sagen. »Luisa? Erik ist hier und der Postkartenmann ist da drüben, aber wo bist *du*?«

»Ich glaube, ich stecke in der Schneewehe«, sagte Luisa. Es klang etwas dumpf.

Mandys Schritte kamen näher und gleich darauf fühlte sich Luisa am Arm gepackt und aus der Schneewehe herausgezogen.

Mandy gab ein interessantes Bild ab. Sie war von oben bis unten weiß bepudert und in ihrem Kragen aus Kunstfell hingen große Schneeklumpen.

Luisa kicherte. »Du siehst aus wie ein Schneemann mit der verkehrten Frisur.«

»Und du erst«, sagte Mandy zufrieden. »Du siehst aus wie ein Gefrierfach, das jemand versehentlich umgekrempelt hat.«

»Na warte!«, rief Luisa und griff sich eine Handvoll Schnee. »Dir werd ich's zeigen!«

Und schon kugelten die beiden Mädchen im Schnee und seiften sich gegenseitig von oben bis unten ein.

Aber der Postkartenmann ließ sie nicht lange balgen. »Hört auf damit!«, rief er besorgt und zerrte an Luisas Jacke. »Wir müssen den Trabbi wieder auf die Straße bekommen!«

Luisa ließ Mandy los.

Tatsächlich, der Trabbi stand halb im verschneiten Feld.

»Wenn wir drei gemeinsam anfassen, müsste es gehen«, sagte der Postkartenmann. »Er dürfte nicht schwer sein, denn er ist eigentlich aus Pappe. Alle Trabbis sind aus Pappe. Deshalb mag ich sie. Sie sind wie Postkarten.«

Liebevoll steichelte er das rosarote Trabbi-Postkarten-Pappedach. Erik schnüffelte an einer Autotür und schien zu erwägen, sie anzuknabbern.

»Na gut.« Luisa seufzte.

Und dann machten sie sich daran, den Trabbi aus dem Feld auf die Straße zu schieben. Luisa und Mandy und der Postkartenmann schoben und Erik beobachtete sie und machte sich dabei nicht besonders nützlich.

Es dauerte eine ganze Weile, bis es ihnen endlich gelang, das kleine Auto in Bewegung zu setzen, und eine weitere Weile, bis es wieder mit allen vier Reifen auf der Straße stand.

Sie keuchten, und als sie endlich wieder Luft bekamen, versuchte der Postkartenmann den Trabbi zu starten. Es geschah nichts. Er versuchte es noch einmal, und noch einmal, und noch einmal – aber der Motor schwieg hartnäckig.

»Es muss Schnee hineingekommen sein«, erklärte der Postkartenmann fachmännisch.

»Wohinein?«, fragte Mandy.

»*Irgendwo* hinein«, sagte der Postkartenmann. »Ist das jetzt *wichtig*? Wir brauchen jemanden, der uns abschleppen kann. Hat jemand ein Handy?«

Niemand hatte ein Handy.

»Na ja«, sagte der Postkartenmann. »Irgendein Auto wird vorbeikommen und uns finden.«

Sie setzten sich an den Straßenrand und warteten. Sie warteten lange.

Aber es kam kein Auto vorbei. Es kam überhaupt niemand vorbei.

Der Schnee in Luisas und Mandys Kleidern schmolz allmählich und lief in dünnen eisigen Rinnsalen an ihnen hinab. Und allmählich fand Luisa es gar keine gute Idee mehr, sich mit jemand anders in einem verschneiten Feld zu balgen.

»D-du hast ganz blaue Lippen«, sagte sie zu Mandy. »S-sieht ziemlich b-b-bekloppt aus.«

»U-und du hast eine blaue Nasenspitze«, sagte Mandy. »W-w-was meinst du, w-wie das aussieht?«

Endlich standen die drei auf und schoben den Trabbi auf der verschneiten Straße in Richtung Ammerlo zurück.

Es hatte wieder begonnen zu schneien und der Himmel wurde an den Rändern schon ungemütlich dunkel. Jetzt, im Winter, brach die Nacht bedrohlich schnell herein.

»Für Pappe ist das Biest ganz schön schwer«, stöhnte Mandy. Luisa nickte stumm. Vom Schieben wurde ihr wieder warm und schließlich zog sie ihre Jacke aus und warf sie auf den Beifahrersitz. Plötzlich quiekte die Jacke ungehalten. Es war aber gar nicht die Jacke.

»Erik!«, rief Luisa. »Kein Wunder, dass es so schwer geht! Dein fetter Hase sitzt in aller Ruhe auf dem Vordersitz und lässt sich schieben!«

»Erik ist ein *Kaninchen*«, knurrte Mandy, hievte das weiße Fellknäuel allerdings vom Autositz. Erik schnupperte verwundert und hoppelte dann voraus. Er sah aus wie ein großer, hüpfender Schneeball.

»Wenn wir noch zwei Eriks hätten«, sagte Luisa, »könnten wir sie übereinanderschichten und einen Schneemann bauen.«

Danach sagte sie lange nichts. Sie schob nur verbissen vor sich hin und sah zu, wie es um sie herum dunkler und dunkler wurde. Ihre Arme wurden lahm, ihre Beine wurden lahm und ihre Gedanken wurden auch immer lahmer ...

Als es ganz dunkel war, konnte man Ammerlos Lichter noch nicht einmal von weitem sehen. Es schien, als würden sie nie, niemals zu Hause ankommen.

»Ich *hasse* Schnee«, verkündete Luisa aus tiefstem Herzen und blieb stehen. »Ich bewege mich keinen Zentimeter mehr weiter. Ich bleibe hier stehen und versteinere auf der Stelle.«

»Pst«, machte Mandy, »hör doch mal. Da kommt was.«

Luisa lauschte und der Postkartenmann legte den

Kopf schief und lauschte ebenfalls. Es war kein Motorengeräusch. Es war ein unregelmäßiges Geklonker und Getrappel, das sich da durch die Dunkelheit näherte.

Schließlich tauchte hinter einer Wegbiegung ein Schatten auf, der aussah wie ein Auto mit einem Kopf auf einem langen Hals.

Luisa und Mandy rückten näher an den Postkartenmann heran. »Was ist *das* denn?«, flüsterte Mandy. Jetzt schnalzte es und dann quietschte es auch ...

»Mandy!«, rief Luisa plötzlich und begann aufgeregt auf und ab zu hüpfen. »Das ist der alte Mann mit seinem Pferdefuhrwerk! Mit dem er im Sommer seine Kartoffeln vom Feld holt!«

»Na, jetzt sind wohl keine Kartoffeln da, um sie nach Hause zu karren«, bemerkte der Postkartenmann.

»Dafür sind wir da«, sagte Mandy. »Um uns nach Hause zu karren, meine ich.«

Sie winkten und schrien und kurze Zeit später kam das kleine Fuhrwerk neben ihnen zum Stehen. Das Pferd schnaubte heißen, dampfenden Atem in die winterliche Luft.

»Na, das sieht mir ja so aus, als wärt ihr gestrandet«, sagte der alte Mann und grinste über sein ganzes faltiges Gesicht. Dann kletterte er vom Kutschbock und half dem Postkartenmann, den Trabbi am Fuhrwerk zu befestigen.

Luisa, Mandy und der Postkartenmann krabbelten erleichtert auf die Ladefläche. Der alte Herr schnalzte, und das Pferd zog an.

Auf der Ladefläche des Fuhrwerks lagen jetzt keine Kartoffeln, sondern Tannenzweige.

»Die sind für die Beete!«, rief der alte Mann gegen das Geklapper und Getrappel an. »Damit nicht alles unter der Erde erfriert!«

Und plötzlich fiel Luisa wieder ein, weshalb sie eigentlich den Ausflug mit dem Trabbi gemacht hatten. »Haben Sie zufällig auch einen ganzen Tannenbaum gesehen?«, rief sie. »Einen, der an der Straße lag und niemandem gehörte?«

»Na klar«, antwortete der alte Mann und wies mit dem Daumen hinter sich auf die Zweige. »Das *war* doch der Baum. Ich habe ihn klein gesägt und die Äste mitgenommen. Praktisch, sehr praktisch.«

»Nein!«, rief Luisa laut. »Das geht doch nicht! Das ist doch – das war doch – Lukas' Weihnachtsbaum!«

Geschichte zum 11. Dezember

Erst als sie zu Hause ankamen, merkte Luisa, wie sehr sie fror.

Sie kletterte steif und ungelenk von der Ladefläche des kleinen Fuhrwerks und bedankte sich müde bei dem alten Mann und dem genauso alten Pferd.

Martin stand in der offenen Haustür und schüttelte nur den Kopf. »Ich dachte schon, ihr wärt allesamt verloren gegangen«, sagte er. »Du und der Postkartenmann und Mandy und der Hase.«

»Erik ist ein K-k-kaninchen«, sagte Mandy und klapperte dabei mit den Zähnen vor Kälte. Sie sah sich um. Dann sah sie Luisa an.

Luisa schlug sich erschrocken die Hand vor den Mund.

»Wo *ist* Erik?«, fragte Mandy.

»Oje«, sagte der Postkartenmann. »Wir müssen ihn vergessen haben, als uns das Fuhrwerk mitgenommen hat. Man sieht ihn ja auch so schlecht, mit seinem weißen Fell, bei all dem Schnee.«

Luisa sah, dass Mandy Tränen in den Augen hatte.

»Mein armer Erik«, flüsterte sie. »Ganz allein da draußen in der Kälte! Wenn er nun nicht mehr nach Hause findet ... wenn er sich verläuft ...«

»Verhoppelt«, verbesserte Luisa.

»Egal!«, rief Mandy und zog die Nase hoch. »Was machen wir bloß?«

Eine halbe Stunde später saßen eine Menge Leute in Martins Café am größten Tisch um einen Teller mit Lebkuchen versammelt und beratschlagten.

Luisa hatte sich etwas Trockenes angezogen und dann Aik, Lukas und Herrn Moosbach zusammengetrommelt – obwohl Herr Moosbach nicht viel sagte. Er zog sein nachdenkliches, uraltes Hundegesicht nur in noch nachdenklichere Falten, als er Luisas und Mandys Geschichte lauschte.

Martin lauschte außerdem mit einem Ohr auf den Glühwein, denn er hatte einen neuen Topf mit Dampfventil gekauft, den er erst mal ausprobieren wollte. Der Topf sollte ganz von alleine pfeifen, wenn es in ihm *beinahe* kochte. Es war ein Sonderangebot gewesen.

»Und nun ist Erik weg«, sagte Mandy abschließend und zog die Nase hoch.

»Dann müssen wir ihn logischerweise suchen«, sagte Lukas. »Wisst ihr noch, wie ihr *mich* gesucht habt? Damals war ich am Bahnhof und wollte auswandern.«

»Ich weiß nicht«, sagte Martin. »Glaubst du wirklich, Mandys Hase will auswandern, Lukas?«

»Er fährt zu einer Schlankheitskur in die Berge«, flüsterte Luisa Aik zu – aber so leise, dass Mandy es nicht hören konnte.

»Erik ist ein *Kaninchen*«, sagte Mandy.

»Hört jemand den Dampfventiltopf pfeifen?«, fragte Martin. »Er pfeift doch noch nicht?«

»Äh, tja«, sagte Aik und trat Luisa heimlich unter dem Tisch, damit sie nicht noch etwas über Schlankheitskuren sagte. »Ich höre erstens keinen Topf pfeifen und zweitens hat Lukas Recht. Wir müssen Erik suchen. Bloß – na ja –, es ist komplett dunkel draußen.«

»Tiger können im Dunkeln sehen«, sagte Levke unter dem Tisch.

Aik tat so, als hätte er das nicht gehört. Jeder, der eine kleine Schwester zu Hause hat, vor allem eine, die sich in den Kopf gesetzt hat, ein Tiger zu sein, wird das verstehen.

»Wir brauchen Taschenlampen«, sagte er. »Wer hat eine Taschenlampe zu Hause?«

»Ich habe zwei«, sagte Martin, »die kann ich euch leihen. Wieso pfeift denn der verflixte Topf nicht? Der

Glühwein muss längst heiß sein. Ich will endlich wissen, ob er diesmal so ist, wie er sein soll.«

»Nun lass doch mal den blöden Glühwein!«, sagte Luisa.

»Zwei Lampen ...«, überlegte Aik und kam sich vor wie ein Kommissar. »Dann teilen wir uns auf. Mandy und Lukas laufen das Dorf ab und Luisa und ich fahren zurück zu der Stelle, wo ihr Erik zuletzt gesehen habt.«

»Womit fahrt ihr?«, erkundigte sich Martin interessiert.

»Mit dem roten Lieferwagen, dachte ich.«

»Oh«, sagte Martin. »Und wer fährt?«

»Ist doch logo«, sagte Luisa ungeduldig. »Du natürlich.«

In diesem Moment gab es einen lauten Knall und der Glühweindampfventiltopf explodierte.

Geschichte zum 12. Dezember

Eine Weile schwiegen alle.

»Ach du liebes Kaninchen«, sagte Martin schließlich. »Das gibt es doch nicht. Morgen wollte ich anfangen. Mit Ausschenken. Für die Touristen. Nun seht euch das an.«

Der Topfdeckel war neben der Tür gelandet, der Topf war unter Martins Stuhl gekullert und der Glühwein war sonst überall.

»Hübsche Schweinerei«, sagte Lukas beeindruckt.

Mandy sprang auf. »Wir haben jetzt auf jeden Fall keine Zeit zum Aufwischen!«, rief sie. »Wir müssen endlich los! Sonst erfriert Erik! Hört ihr? Er erfriert! Nun kommt doch!«

»Fürchte euch nicht, Erik!«, rief Luisa etwas später durch die Nacht. Die *Nacht* war eigentlich erst fünf Uhr, aber schon rappelzappelduster.

»Erik ist doch nur *einer*, er kann nicht *euch* fürchten«, sagte Aik.

Sie waren aus dem alten roten Lieferwagen ausgestiegen und suchten nun schon geraume Zeit die Straße ab.

»Erik ist *so* dick«, sagte Luisa. »Der fürchtet sich in der *Mehrzahl*. Eeerik?«, rief sie in die Nacht hinaus. »Eeeeeriiiik! Vielleicht werden wir ihn finden in Krindeln gewickelt in einer Wippe«, fügte sie hinzu.

»Was?«, fragte Martin verwirrt.

»Ach, sie kann sich bloß ihren Text nicht merken«, erklärte Aik. »Ihren Engelstext.«

»Meine Tochter ist in dem Krippenspiel ein Engel?« Martin war verblüfft.

Doch ehe Luisa oder Aik antworten konnten, geschah etwas Ungewöhnliches. Herr Moosbach bellte.

Herr Moosbach bellte selten, oder besser gesagt: fast nie. Aber jetzt stand er am Straßenrand, eine Vorderpfote angehoben, und witterte in die Nacht wie ein ausgebildeter Jagdhund – und bellte. »Ruff!«, bellte Herr Moosbach. »Rüff! Wrr. Ruff!« Es klang heiser und etwas unmelodisch, aber immerhin bellte er.

Luisa lief zu ihm und kniete sich neben ihn in den Schnee.

»Hast du etwas?«, fragte sie aufgeregt. »Hast du etwas gefunden, Herr Moosbach?«

»Wrr«, wiederholte Herr Moosbach und sah sie einen Moment an. In seinen alten Augen lag Erstaunen, ganz so, als könnte er selbst kaum glauben, dass er eine Fährte gewittert hatte.

Gleich darauf senkte er die fusselige Schnauze auf den Schnee und begann der Fährte zu folgen.

»Er hat was!«, schrie Luisa. »Oh, er hat was! Los, wir müssen ihm folgen!«

Martin kratzte sich am Kopf und sah von dem roten Lieferwagen zu Herrn Moosbach und dann von Herrn Moosbach zurück zu dem roten Lieferwagen.

»Wenn ich ihm mit dem Auto folge«, erklärte er dann, »überfahre ich ihn. So langsam kann das Auto nicht.«

»Lass doch das blöde Auto!«, rief Luisa ungeduldig.

Herr Moosbach drehte sich nach ihnen um und bellte noch einmal.

Und dann folgten sie ihm zu Fuß durch den Schnee. Der Lieferwagen blieb verwaist am Straßenrand stehen. Lange Zeit sagte niemand mehr irgendetwas, nicht einmal Herr Moosbach.

Es war gut, dass der Lieferwagen nicht mitkommen musste, denn nach einer Weile bog Herr Moosbach von der Straße ab. Sie stapften ihm nach, querfeldein und zudem noch im Zickzackkurs, denn ein ordentliches Kaninchen hinterlässt eine Zickzackspur, das weiß ja jeder.

Martin leuchtete mit der Taschenlampe in den dunklen Winternachmittag. Es hatte zum soundsovielten Mal an diesem Tag begonnen zu schneien. Die Flocken tanzten im Lichtkegel der Taschenlampe umher und Luisa stellte sich vor, wie eben diese Flocken irgendwo sehr weit weg auf Erik fielen.

Erik, der fett und müde im Schnee saß und so sehr fror, dass alle seine Fettschichten gemeinsam zitterten. Vielleicht hatte er seine weißen Schlappohren über die Augen geklappt, damit ihm die Flocken nicht hineinflogen. Vielleicht fiepte er leise, damit jemand ihn hörte und rettete. Vielleicht waren seine kleinen weißen Pfoten schon so steif gefroren, dass er nicht mehr weiterlaufen konnte. Nur noch dasitzen konnte und frieren und warten.

Aber sie kamen. Sie würden ihn retten.

»Erik, fürchte euch nicht!«, flüsterte Luisa in die Dunkelheit – und kam sich auf einmal sehr, sehr heldenhaft vor.

»Meine Nase«, sagte Aik nach einer Weile, »ist so kalt, ich kann sie gar nicht mehr bewegen.«

»Du Armer«, sagte Luisa.

»Ja«, sagte Aik, »ich kann einem schon leidtun. Bestimmt fällt sie ab, und dann kann ich sie überhaupt *nie* mehr bewegen.«

»Moment«, sagte Luisa, »man kann doch seine Nase sowieso nicht richtig bewegen.«

Aik kicherte.

»Na warte!«, rief Luisa und bückte sich, um einen Schneeball zu formen.

»Moment«, sagte Martin da. »Seht mal, wo wir hier sind!«

Luisa richtete sich auf und folgte dem Licht von Martins Lampe. Es fiel auf die Rückwand eines Hauses.

Hinter dem Haus konnte man vage den Schein einer müden Straßenlaterne erkennen.

»Herr Moosbach hat uns hintenherum zurück nach Ammerlo geführt«, stellte Martin fest.

»Ruff«, bestätigte Herr Moosbach. Er wirkte genauso erstaunt wie Martin.

Die Fährte führte sie um das Haus herum, einen kleinen Weg entlang – und dann spürten sie das altbekannte Kopfsteinpflaster der beschneiten Dorfstraße unter ihren Stiefeln.

»Ich habe so einen Verdacht«, murmelte Martin in den Kragen seiner Winterjacke. Herr Moosbach trottete konzentriert Meter für Meter vorwärts, ohne aufzublicken.

»Ich glaube nicht, dass er weiß, wo wir sind«, flüsterte Luisa Aik zu. »Ich glaube, er denkt, er ist in einem ganz anderen, wilden, abenteuerlichen Dorf herausgekommen, auf einer Straße, die er noch nie zuvor gesehen hat.«

Aik nickte. »Und jetzt, siehste wohl«, sagte er, »führt

er uns nämlich schnurstracks zur Tür eines ganz unbekannten, wilden, abenteuerlichen Hauses, in das noch nie ein Mensch seinen Fuß gesetzt hat.«

Herr Moosbach war vor einer Tür stehen geblieben, bellte ein letztes Mal erschöpft, aber stolz, und kratzte am Holz der Tür.

Luisa war zu müde von diesem langen, aufregenden Tag, um gleich zu verstehen. Sie sah die Tür einen Moment lang an, dann sagte sie nachdenklich: »Aber das ist *unsere* Tür.«

»Da hast du irgendwie Recht«, stimmte Martin zu.

Er schloss die Tür auf und sie betraten das Café. Es roch noch immer ein bisschen süßlich und zimtig und nelkig nach dem explodierten Glühwein.

Herr Moosbach, den der Geruch verwirrte, brauchte eine Weile, um die Fährte wiederzufinden. Doch schließlich entdeckte er sie und sie führte ihn quer durch den kleinen Raum.

»Jemand hat den Glühwein aufgewischt«, sagte Martin erfreut. »Alle Pfützen sind weg.«

Luisa und Aik folgten Herrn Moosbach, der jetzt endlich beim absoluten Ende der Spur angekommen war.

Geschichte zum 13. Dezember

Das absolute Ende der Fährte war eine Sitzbank.

Auf der Sitzbank lag Mandys angefangener Strickschal.

Und in dem Strickschal hatte sich etwas Großes, Weißes, Felliges eingekuschelt.

Ein Schlappohr hing aus dem Schalknäuel.

Luisa kniete sich vor die Sitzbank.

»Er schnarcht«, sagte sie zu Aik.

»Und er riecht«, sagte Aik, »ziemlich sogar. Nach Glühwein. Ich glaube, er hat ihn ganz allein aufgeleckt. Ich glaube, er schläft gerade seinen Rausch aus.«

»Wir sollten Mandy und Lukas Bescheid sagen«, meinte Luisa.

Am nächsten Tag fand eine weitere Versammlung der Krippenspieler statt.

Als Luisa und Mandy vor der Kirche ankamen, fanden

sie Lukas, der allein zwischen den Grabsteinen stand und mit den Armen wedelte.

»Ich bin ein Hirte ahauf dem Fe-helde!«, rief Lukas versonnen und wedelte kräftig mit den Armen weiter. »Ein Hirte bei den Herde-hen ...«

»Lukas?«, fragte Luisa, und Lukas fuhr herum. »Warum stehst du zwischen den Grabsteinen und stotterst?«

»Ich stottere nicht«, sagte Lukas ärgerlich, »und ich stehe auch nicht zwischen den Grabsteinen. Ich stehe auf dem Fe-helde bei den Herde-hen und übe theatraulisch zu sein. Das heißt so etwas wie besonders feierlich.«

»Es bedeutet, dass man stottert?«

»Das ist die Feierlichkeit in den Worten.« Lukas seufzte. »Ich wünschte, ich hätte einen laaangen, laaangen Text.«

»Wollen wir nicht lieber in der Kirche proben?«, fragte Aiks Mutter, die zwischen den verschneiten Grabsteinen aufgetaucht war. Auf einem Grabstein saß Erik und sah sie verschlafen an.

»Er hat einen Kater«, erklärte Mandy. »Er war doch verschwunden. Und dann haben wir ihn im Café gefunden, wo der Glühweintopf explodiert war. Mit dem Kater.«

Aiks Mutter sah sich um. »Wo ist der Kater jetzt? Ist ihm bei der Explosion etwas zugestoßen?«

»Es war doch kein richtiger Kater. Es war ein Glühweinkater. Von den Pfützen.«

»Du meinst, der Hase ... der Hase hat den Glühwein aufgeleckt?«

»Erik ist ein Kaninchen«, sagte Mandy.

»Jedenfalls ein Kaninchen mit gutem Sinn fürs Nachhausefinden«, meinte Aiks Mutter. »Und wir sollten jetzt in die Kirche finden, um endlich anzufangen.«

»So lasst uns fortschra-heiten vom Fe-helde«, sagte Lukas und schritt voraus.

»Warum stottert er?«, fragte der Postkartenmann, der eben ankam.

»Er stottert nicht«, erwiderte Luisa. »Er ist theotralisch.«

»Könnt ihr alle euren Text?«, fragte Aiks Mutter kurze Zeit später. Ein verlegenes Raunen lief durch die Bänke.

»Da war irgendwas mit Herbergen und Herzen«, wisperte Mandy.

»Ich muss eine Tür aufmachen«, flüsterte der Postkartenmann, »aber das kommt wohl nicht im Text vor.«

»Myrrhe, Gold und Weih-Dings«, sagte Ann-Kathrin fröhlich. »Na dann, fangen wir an.«

Aiks Mutter teilte den Platz vor dem Altar in eine Herberge und einen Weg ein. »Und hier ist das Fehelde«, sagte sie. »Für die Hirten auf dem Fe-helde. Direkt vor den ersten Bänken. Lukas, da musst du sein. Bei deinen Schafen.«

Lukas setzte sich auf den Boden und streichelte Erik, der langsam wieder nüchtern wurde. »Mein liebes Schaf«, sagte er.

»Nein, die Hirten *schlafen* auf dem Felde bei den Schafen«, sagte Mandy. »Es ist doch Nacht, Lukas!«

»Na gut«, sagte Lukas und legte sich auf die erste Kirchenbank, da ihm der Boden zu kalt war.

Aik nahm Mandy an der Hand und sie wanderten gemeinsam am Altar entlang.

»Schon so lange sind wir unterwegs«, stöhnte er. »Ich mit meinem angetauten Weib ...«

»Angetrautem!«, zischte Mandy.

»Was?«, flüsterte Aik. »Also, wir suchen eine Herberge. Siehst du das Licht da vorn, Maria?«

»Wo?«, fragte Mandy.

»Na da, in dem Fenster.«

»Da ist kein Fenster.«

»Ach, Mandy, stell dir doch vor, da wäre eins!«

»Also gut.« Mandy schirmte ihre Hände mit den Augen ab. »Ich sehe es!«

»Ich werde mal klopfen«, sagte Aik, »vielleicht gibt es dort ein Bett für uns.«

Er klopfte an den Altar und der Postkartenmann kam dahinter hervor.

»Wir sind voll«, sagte er. »Das liegt am Wintertourismus. Alle ausm Westen.«

Mandy kicherte.

»Aber mein Weib hier ist schwanger«, sagte Aik. »Und es kommt die Zeit, da sie gebären wird.«

»Tja«, sagte der Postkartenmann, »das ist natürlich schlecht. Was machen wir denn da?«

Es blieb eine Weile still.

»Stall!«, flüstete Aiks Mutter schließlich.

»Ach ja«, sagte der Postkartenmann, »wir hätten da noch einen Platz im Stall, bei den Tieren.«

»Ist das billiger?«, fragte Aik.

»Haaalt, haaalt, haaalt«, sagte Aiks Mutter. »So geht das nicht. Ihr seid doch nicht in der Jetztzeit. Ihr seid ... *damals*. Du kannst unmöglich fragen, ob das billiger ist. Du musst jetzt den Stall einfach nehmen.«

»Na gut«, sagte Aik. »Wo ist Ihr Stall?«

Der Postkartenmann führte sie etwas zur Seite und Aik wisperte: »Du musst jetzt das Kind kriegen, Mandy.«

»Ich bin Maria«, sagte Mandy. »Wie denn?«

Darüber hatte sich noch niemand Gedanken gemacht.

»Ist ganz einfach!«, rief Luisa. »Du kriegst es hinter dem Altar! Dann kommst du wieder raus und hast es im Arm. Und in der Zwischenzeit fliege ich zu den Hirten auf dem Fe-helde.«

Mandy und Aik verschwanden hinter dem Altar und Luisa breitete die Arme aus und flog mit kleinen Trippelschritten zu Lukas, der reglos auf der Kirchenbank lag.

»Fürchtet euch nicht!«, rief sie.

Lukas reagierte nicht. »Fürchtet euch nicht!«, brüllte Luisa etwas lauter. Lukas rührte sich noch immer nicht.

»Was ist los, Lukas?«, fragte Aiks Mutter und beugte sich über ihn. »Schläfst du?«

»Ich kann den Engel nicht sehen«, sagte Lukas. »Es ist so dunkel. Mandy hat doch gesagt, es ist Nacht.«

Er richtete sich auf und tastete in der Luft herum. »Bei dem Gebrüll kann ja keiner ruhig schlafen, bei seinen Schafen oder sonst wo«, sagte er. »Wer ist denn da?«

Luisa stampfte mit dem Fuß auf. »Klar kannst du mich sehen!«, rief sie. »Ich leuchte doch im Dunkeln. Alle Engel leuchten im Dunkeln.«

Lukas legte eine Hand vor die Augen. »Oh, was leuchtet denn da?«, rief er.

»Fürchtet euch nicht!«, wiederholte Luisa. »Denn ich verfreudige euch eine große Kunde. Es ist euch geboren ein Windlein, das liegt in einer Kinde in Krippeln gewickelt ... verdammt.«

Hinter dem Altar schienen Mandy und Aik sich zu streiten.

»Moment«, unterbrach Aiks Mutter. *»Was ist hier los?«*

Kurz darauf zog sie zwei leicht zerzauste Gestalten hinter dem Altar hervor, die sich offenbar bis eben in den Haaren gehabt hatten.

Eine dritte, sehr viel kleinere Gestalt krabbelte ihnen nach: Levke.

»Josef sagt, ich muss Levke als Kind kriegen!«, rief Mandy aufgebracht. »Und ich kann Levke unmöglich tragen. Ich hab es probiert! Außerdem ist es sowieso eine blöde Idee.«

»Ich bin dein angetrauter Mann und du darfst mir nicht widersprechen«, sagte Aik. »Außerdem hat sie mich gebissen. Ich will keine Frau, die beißt.« Er hielt sich den Arm.

»Aber hier rumbefehlen!«, zischte Mandy. Sie sah aus, als wollte sie gleich wieder zubeißen. »Krieg doch selber ein Jesuskind!«

»Ich bin ein Tiger-Jesuskind!«, rief Levke.

»Was verkündigst du mir denn nun?«, fragte Lukas.

»Das kann ich mir nicht merken, verflucht!«, rief Luisa.

»Ruuuu-hee!«, schrie Aiks Mutter.

Da quietschte die große Kirchentür und alle hörten auf herumzuschreien und sahen zum Eingang.

Dort standen Norbert und Ronny, die großen Jungen aus dem Dorf, die schon mindestens vierzehn waren. Sie starrten die Krippenspieler verständnislos an.

»Es war so laut in der Kirche«, sagte Ronny.

»Wir wollten mal nachsehen, was hier los ist«, erklärte Norbert.

»Ob jemand eingebrochen ist oder so«, sagte Ronny. »Weil doch der Pfarrer krank ist.«

Aiks Mutter überlegte nicht lange. Sie ging durch den Mittelgang auf die Neuankömmlinge zu, fasste jeden bei einer Hand und zog sie hinter sich her bis zum Altar.

»Schön, dass ihr mitmachen wollt«, sagte sie fest. »Es muss sich wohl doch herumgesprochen haben, dass wir in die Zeitung kommen und dass es bei Martin für die Krippenspieler freien Glühwein gibt.«

»Echt?«, fragte Norbert. »In die Zeitung?«

»Glühwein für umsonst?«, fragte Ronny.

»Na ja, wenn man mitmacht«, sagte Aiks Mutter und blinzelte den anderen zu. »Ihr kommt natürlich etwas spät. Insofern könnt ihr euch die Rollen nicht mehr frei aussuchen.«

»Wer ist denn was?«, fragte Ronny und betrachtete die Krippenspieler misstrauisch, einen nach dem anderen. Er zeigte auf Levke. »Spielt die *Kleine* hier auch mit?«

»Ich bin keine Kleine, ich bin ein Tiger«, sagte Levke und streckte ihre Krallen nach Ronny aus, so dass er zurückwich.

»Sie ist das Jesuskind, glaube ich«, sagte Aiks Mutter. »Und hier haben wir Josef und Maria.«

»Mit so einem Josef will ich keine Maria sein!«, rief Mandy aufgebracht. »Einem, der immer nur herumbefiehlt! Und das Jesuskind kann ich auch nicht hochheben! Und ich kann mir überhaupt nicht merken, was ich sagen muss!«

»Ich will auch gar nicht dein Jesuskind sein, siehste wohl!«, rief Levke und krabbelte auf allen vieren davon.

Ann-Kathrin fing sie ab und hob sie hoch.

»Warum ist *sie* nicht Maria?«, fragte Norbert plötzlich und zeigte auf Ann-Kathrin.

Alle sahen zu ihr hinüber. Und wirklich, Ann-Kathrin sah ganz so aus, wie man sich eine Maria vorstellt: Ihre blonden Locken glänzten im Licht der Deckenlampen und sie hielt Levke im Arm wie ein etwas zu groß geratenes Baby.

Sie hielt sie so eisern fest, dass Levke sich nicht wehren konnte, denn Ann-Kathrin war stark. Aber von außen sah man nicht, wie Levke versuchte sich zu befreien. Ann-Kathrin verstärkte ihren Griff und lächelte ein Maria-Lächeln.

»Ja, tja«, sagte Aiks Mutter. »Warum eigentlich nicht?«

»O ja!«, rief Luisa. »Ann-Kathrin passt viel besser als Maria!«

»Sie ist perfekt«, sagte Ronny.

»Völlig perfekt«, sagte Frederick, der bisher noch gar nichts gesagt hatte. Er sah aus, als würde er bei Ann-Kathrins Anblick jeden Moment zerschmelzen und in den Ritzen des Kirchenfußbodens zerfließen.

»Von mir aus kannst du mein angetrautes Weib sein, wenn du willst«, erklärte Aik großzügig.

»Dann macht doch alle, was ihr wollt! Mich will ja sowieso keiner!«, rief Mandy, und ehe irgendjemand sie aufhalten konnte, rannte sie davon. Die Kirchentür ließ einen Schwall kalte Luft herein und fiel dann ganz langsam wieder zu.

Erik sah kurz etwas unentschlossen aus. Schließlich erinnerte er sich, dass er doch am meisten von allen Mandy gehörte, und hoppelte ihr nach. Er schlüpfte mit einem kleinen Quieken durch den winzigen verbleibenden Türspalt ins Freie, und dann machte es *klick!* und die Kirchentür war ins Schloss gefallen. In die entstandene Stille hinein sagte Luisa: »Ich hätte nie gedacht, dass der fette Hase da durchpasst.«

»Erik ist ein Kaninchen«, sagte Aik automatisch.

Geschichte zum 14. Dezember

»Ich dachte, sie will nicht die Maria sein?«, fragte Aik.

»Sie wollte gern dazu überredet werden«, sagte der Postkartenmann. »Hast du das denn nicht gemerkt?«

»Oh«, sagte Aiks Mutter betreten. »Was machen wir jetzt?«

»Sie in Ruhe lassen«, sagte der Postkartenmann und seufzte. »Auf einer meiner Postkarten – einer besonders schönen mit dem Meer und einem Schwan und einem Sonnenuntergang drauf – steht: *Alleinsein ist die Medizin der Seele.*«

Luisa, die sich mit der Medizin der Seele nicht so auskannte, wurde das Gespräch etwas zu erwachsen. »Wenn Mandy jetzt nicht Maria ist«, sagte sie, »vielleicht kann ich dann auch mit jemandem tauschen? Ich werde mir diese komischen Wörter nie im Leben merken! Engel sein ist schön und gut, aber ein Engel mit den falschen Wörtern ist ja auch nicht das Wahre.«

Aiks Mutter lächelte. »Schön. Dann wirst du ein Hirte. Da muss man fast nichts sagen.«

Luisa nickte. »Und wer wird der Engel?«

»Na ja«, sagte Lukas leise, »vielleicht könnte ich das machen.«

»Du?« Alle starrten Lukas an.

»Du willst diesen schweren Text ganz allein sagen?«, fragte Aik.

Lukas dachte an seinen Vater und den billigen Tabak, der ihn neuerdings immer umnebelte, und schluckte. Dann kletterte er auf die vorderste Kirchenbank und sagte leise, aber deutlich: »Fürchtet euch nicht! Ich verkündige euch eine große Freude! Denn euch ist heute der Heiland geboren. Ihr werdet finden das Kindlein in Windeln gewickelt und in einer Krippe liegen.«

Da schwiegen alle verblüfft, und dann klatschte Ann-Kathrin ganz begeistert Applaus. »Lukas«, sagte sie, »du bist der beste Engel, den ich je gesehen habe.«

»Dann ist es ganz einfach«, sagte Frederick. »Norbert und Ronny müssen die anderen beiden Könige sein. Ich bin ja erst einer.«

Ann-Kathrin setzte sich also mit Levke auf dem Schoß neben den Altar und Aik hockte sich neben sie.

»Ich bin ein Ti...«, sagte Levke, aber Ann-Kathrin hielt ihr den Mund zu. »Du kannst nachher wieder ein Tiger sein«, flüsterte sie.

Frederick führte Norbert und Ronny durch die Bänke. »Da ist ein Stern«, sagte er und zeigte an die Decke der Kirche. »Dem wollen wir folgen.«

»Wo ist ein Stern?«, fragte Ronny.

Norbert stieß ihn in die Seite.

»Denk an den Glühwein für umsonst und mach gefälligst mit!«, zischte er und sagte laut: »Was für ein heller Stern, jawohl, mindestens so hell wie eine Neonlampe.«

Das war nun geschichtlich nicht so ganz passend, aber Aiks Mutter ließ es durchgehen und winkte die Heiligen Drei Könige weiter.

Die drei knieten vor Ann-Kathrin nieder und Norbert reichte dem Kindlein einen alten Kaugummi dar. Ronny reichte ihm ein Rad, das von seinem Skateboard abgefallen war, und Frederick fand einen Hosenknopf in seiner Tasche. Der Knopf war froschgrün wie die Cordhose, die er nie abzulegen schien.

Maria-Ann-Kathrin nahm die Geschenke für ihr Kind würdevoll entgegen und reichte sie an Josef-Aik weiter.

»Wir bringen Gold, Myrrhe und Weihrauch«, sagte Frederick. »Für den Heiland. Äh.«

»Das Gold klebt etwas«, bemerkte Aik und betrachtete den Kaugummi.

»Es ist ein bisschen gebraucht«, gab Norbert zu.

»Zahngold?«, überlegte Aik, da dies das einzige gebrauchte Gold war, das ihm einfiel. In Anbetracht der Tatsache, dass es sich um einen Kaugummi handelte, erschien *Zahngold* wahrscheinlich.

»Ich glaube«, sagte Aiks Mutter, »jetzt ist das Krippenspiel aus. Wir müssen alle auf die Bühne und uns verbeugen.«

»Welche Bühne?«, fragte Luisa.

»Die ist vor dem Altar«, sagte Aik, »das sieht man doch.«

Beim Aufstehen entwischte Maria das Jesuskind, das sich sofort in einen Tiger zurückverwandelte, auf allen vieren davonkrabbelte und fauchte. Lukas verbeugte sich so tief, dass er beinahe das Gleichgewicht verloren hätte, und Norbert und Ronny standen verlegen herum und taten so, als hätten sie gar nicht mitgemacht.

Der Postkartenmann half Aiks Mutter beim Klatschen, damit es sich nach mehr Publikum anhörte.

»Fürchtet euch nicht«, sagte Lukas abschließend, »denn es wird ein großartiges Krippenspiel. Ganz großartig.«

☆

Zur gleichen Zeit kam Martin bei seinem alten roten Lieferwagen an.

Er hatte den ganzen Weg über sein neuestes Glühweinrezept vor sich hin gesummt, das er gleich ausprobieren wollte, wenn er einen neuen Topf hatte. Er hatte lange darüber gegrübelt und nun fühlte er sich rundherum guter Dinge.

Die Sonne schien auf den Schnee, die Straßenränder glitzerten und der Himmel war von einem so strahlenden, durchdringenden Blau, dass einem beinahe die Augen davon wehtaten.

Mitten im Weiß, in der Sonne und vor dem Himmelblau stand der dunkelrote Lieferwagen und sah Martin mit seinen altmodischen, runden Scheinwerfern entgegen.

Martin stieg summend ein und drehte den Schlüssel im Zündschloss und es passierte ... nichts.

Gar nichts.

Der Lieferwagen gab nicht den kleinsten Piep von sich.

Martin versuchte es noch zwölf Mal. Ohne Erfolg.

»Der Motor muss irgendwie ... eingefroren sein«, murmelte er nachdenklich und kletterte wieder aus dem Lieferwagen, um nachzudenken.

Da wurde in der Ferne das klappernde Getrappel von Hufen laut – oder vermutlich, dachte Martin versonnen, *erklang* es, oder es *erschall*, denn Weihnachten rückte jeden Tag näher und die Welt wurde zusehends feierlicher.

Das Hufgetrappel kam in Gestalt eines Pferdefuhrwerks um die Ecke.

Martin winkte mit beiden Armen.

Kurz darauf hielt der alte Mann sein altes Pferd an, dem der Dampf aus den Nüstern stieg, und schüttelte den Kopf.

»Das gibt's doch nicht«, sagte er. »An dieser Stelle scheine ich dauernd Leute aufzusammeln. Soll ich Sie abschleppen?«

Geschichte zum 15. Dezember

»Und kommen wir wirklich in die Zeitung?«, fragte Luisa Aiks Mutter auf dem Heimweg.

»Hm«, sagte Aiks Mutter. »Wer weiß?«

Aber man sah genau, dass sie geschwindelt hatte, damit die großen Jungen mitmachten.

»Ich mache mir ein bisschen Sorgen«, sagte Ann-Kathrin zu Luisa, als die anderen um die Ecke abgebogen waren. »Wegen Mandy.«

»Ach, die hat doch ihren Hasen«, sagte Luisa.

»Aber sie muss doch auch irgendwie mitmachen beim Krippenspiel. Mir ist das egal, ob ich nun Maria bin oder sonst wer. Frederick und ich machen doch sowieso nur mit, weil ihr nicht genug seid. Eigentlich sind wir ja schon etwas groß für das Ganze.«

»Alt«, sagte Luisa. »Du meinst wohl, ihr seid alt. Uralt. Da hast du wohl Recht.«

Ann-Kathrin boxte sie in die Seite und Luisa boxte zurück, aber dann wurde keine echte Balgerei daraus, weil Ann-Kathrin sagte: »Ich werde jedenfalls mal nachsehen. Was mit Mandy ist.«

Als Luisa im Café ankam, saß dort nur Herr Moosbach und schien in Gedanken versunken, oder vielleicht döste er nur. Neben ihm lag Mandys Schal.

Luisa überlegte einen Moment. Dann setzte sie sich mit untergeschlagenen Beinen auf die Eckbank und nahm sich das violette Wollknäuel vor.

»Hiermit wird sie ja wohl nie fertig«, sagte Luisa zu Herrn Moosbach, der mühsam neben sie auf die Bank kletterte, weil er zum Springen schon zu alt war. »Zumindest nicht vor Weihnachten, was meinst du?«

Herr Moosbach legte seinen Kopf in ihren Schoß, schloss die Augen und begann leise zu schnarchen.

»Man muss ihr helfen«, sagte Luisa bestimmt. Damit legte sie Mandys Strickzeug auf Herrn Moosbachs Kopf und sah sich die Maschen genauer an.

Es konnte ja wohl nicht so schwer sein, ein bisschen zu stricken.

☆

Ann-Kathrin klingelte bei Mandys Eltern, aber die hatten Mandy auch nicht gesehen. Sie runzelten die Stirn und sahen besorgt aus.

»Ich dachte, sie ist irgendwo bei Lisa oder Alf oder Linus«, sagte Mandys Mutter.

Mandy und ihre Eltern wohnten noch nicht sehr lange in Ammerlo und ihre Mutter bekam die Namen der Kinder ständig durcheinander.

»Luisa oder Aik oder Lukas, ja. Das heißt: *nein*«, sagte Ann-Kathrin, »das ist sie *nicht*. Sie war ein bisschen beleidigt. Ich werde sie suchen.«

Zuerst suchte Ann-Kathrin in der Gegend um die Kirche, aber Mandy war weder auf dem Friedhof noch auf den Bäumen davor zu finden.

»Das kommt daher, dass sie nicht auf Bäume klettert«, sagte Ann-Kathrin zu sich selbst. »Denn sie ist nicht Luisa. Mandy ist Mandy, und sie strickt und hat eine rosa Jacke und Hosen mit Glitzersteinen ... Wo würde sich jemand mit einer rosa Jacke verstecken?«

Es war doch ein Kreuz, dass dauernd irgendwer verschwand: erst das Kaninchen und jetzt Mandy!

Dann fiel ihr ein, dass Mandy außer einer rosa Jacke noch etwas hatte: nämlich das Kaninchen.

Es war ganz leicht! Sie brauchte bloß Eriks Spuren im Schnee zu folgen. Die Spuren führten im Hoppelzickzack von der Kirchentür weg auf das Feld hinter dem Friedhof und Ann-Kathrin stapfte eine ganze Weile durch den Schnee.

Auf der anderen Seite des Feldes hatten die großen Jungen ein Iglu gebaut. Dass es die großen Jungen waren, sah man daran, dass auf dem platt getretenen

Weg dorthin zwei Zigarettenpackungen und die Hülle eines Silvesterknallers lagen.

Doch auch Eriks Spuren führten zu dem Iglu.

Ein böser Verdacht stieg in Ann-Kathrin auf. »Erik?«, rief sie leise. »Hast du dich vielleicht geirrt? Hier ist Mandy doch bestimmt nicht ...«

Norbert und Ronny waren zwar vielleicht als Melchior und Balthasar gut zu gebrauchen. Selbst wenn sie schon etwas zu groß für Krippenspiele sein mochten. Aber sie steckten in einem gefährlichen Zwischenalter, in dem man vielleicht auf dumme Ideen kommt, wenn einem ein leicht beschränktes, fettes weißes Kaninchen zuläuft.

Ann-Kathrin stapfte schneller durch den Schnee.

Im Iglu war Licht. Gelbes Flicker-Flacker-Licht, als würde etwas dort drin brennen. Draußen wurde es jetzt gerade dunkel. Ann-Kathrin schlich näher und versuchte beim Laufen so wenig wie möglich im Schnee zu knirschen. Der Eingang des Iglus war mit einer alten karierten Wolldecke verhängt.

Ein durchdringender Geruch stieg Ann-Kathrin in die Nase – ein Geruch wie von verbrannten Haaren ...

Sie schlug den Vorhang beiseite und musste gleich darauf husten. Dichter Qualm quoll ihr entgegen und hüllte sie ein. Ann-Kathrin fuchtelte mit den Armen, um ihn zu vertreiben. »Was ist hier – ächz – los? Hallo?«, fragte sie in den Qualm hinein. Ein Glück, dass Eriks Spuren sie hergeführt hatten. Irgendetwas hier war schiefgegangen. »Wer ist da?«, fragte Ann-Kathrin mit aufsteigender Panik in der Stimme.

»Ich«, sagte eine kleine Stimme. Der Qualm hob sich ein wenig und Ann-Kathrin sah durch die wabernden Rauchschwaden Mandys rosa Jacke. Mandy saß auf dem Boden vor einer Kerze. Sie hatte Erik auf dem Schoß und eine Gabel in der Hand. Auf der Gabel steckte der verkohlte Rest von etwas, von dem man nicht mehr erkennen konnte, was es einmal gewesen war.

»Ich habe versucht einen Tannenzapfen zu rösten«, sagte Mandy kleinlaut. »Es hat nicht so gut funktioniert.«

»Das sehe ich«, sagte Ann-Kathrin, kniete sich zu ihr und betrachtete die Reste des Zapfens. »Warum, um alles in der Welt, sitzt du im Iglu der großen Jungs und röstest einen Tannenzapfen?«

»Von irgendwas muss man doch leben«, sagte Mandy.

»Wie?«

»Ich lebe jetzt hier. Hier im Iglu. Ich glaube nicht, dass die großen Jungs es wirklich brauchen. Ich dachte, ich und Erik, wir könnten von Tannenzapfen leben. Vielleicht«, fügte sie etwas unsicher hinzu.

»Ich glaube nicht, dass man sie im Ganzen essen kann«, sagte Ann-Kathrin.

»Nein?«

»Nein. Warum lebt ihr im Iglu?«

»Wir gehen nicht zurück zu denen. Die wollen uns sowieso nicht haben. Ich bin keine gute Maria, und Erik ist auch kein gutes Schaf.«

Mandy schniefte und wischte sich die Nase am Ärmel ihrer rosa Jacke ab. Dicke Tränen liefen ihre frostroten Backen hinab.

»Du hattest Recht. Es ist ganz schön hart, eine Maria zu sein«, meinte Ann-Kathrin sachlich. »Wenn einem Josef dauernd sagt, was man zu tun hat. Und dieses Jesuskind versucht immerzu wegzulaufen. Außerdem hat es mich gekratzt.«

»Ja. Es ist ein Tiger«, sagte Mandy und zog die Nase hoch.

»Ich glaube nicht, dass ich gern eine Maria bin«, sagte Ann-Kathrin, »ich wurde überredet, aber es ist wirklich sehr anstrengend. Falls du es machen möchtest, könnte ich jemand anderes sein. Wenn ich dich darum bitte?«

Mandy dachte eine Weile darüber nach. Schließlich schüttelte sie den Kopf. »Ich wäre auch lieber jemand anderes.«

»Wirklich?«

Mandy nickte.

»Luisa ist jetzt übrigens kein Engel mehr«, sagte Ann-Kathrin.

»Nein?« Mandy wischte sich eine letzte Träne von der Wange.

»Nein. Sie kann sich den Text nicht merken. Sie war ein ganz schlechter Engel. Deshalb ist sie jetzt ein Hirte, denn da muss man fast nichts sagen. Und Lukas ist jetzt der Engel. Leider haben wir deswegen immer noch nicht genug Hirten.«

»Vielleicht – na ja – könnte ich nicht ein zweiter Hirte sein?«

Ann-Kathrin machte ein nachdenkliches Gesicht. »Denkst du, das könntest du?«, fragte sie.

Mandy nickte eifrig. »Ich wäre ein wunderbarer Hirte. Und mein Schaf würde ich dann natürlich auch mitbringen.« Sie hielt Erik hoch, der zustimmend grunzte.

»Das wäre schön«, sagte Ann-Kathrin. »Ach nein. Es geht ja nicht.«

»Wieso?«, fragte Mandy.

»Ihr wohnt ja jetzt hier im Iglu. Da könnt ihr nicht bei den Krippenspielproben mitmachen. Dafür muss man zu Hause wohnen, damit man immer ausgeschlafen ist, um ein *guter* Hirte zu sein.«

»Ach, na ja«, sagte Mandy und stand auf. »Wir könnten es uns noch einmal überlegen. Ob wir nicht doch nach Hause zurückziehen – zumindest für eine Weile. Ich werde mal mit Erik reden.«

»Ja, mach das«, sagte Ann-Kathrin und krabbelte rückwärts aus dem Iglu. Als sie das Feld überquert hatte, drehte sie sich um. Da sah sie eine kleine Gestalt in einer rosa Jacke, die ihr in einiger Entfernung folgte.

Die Gestalt hatte etwas Großes, Weißes auf dem Arm, das ausgesehen *hätte* wie ein Kaninchen, wenn es nicht so fett gewesen wäre.

Geschichte zum 16. Dezember

»Es ist nämlich so, ich habe noch immer keinen Baum«, sagte Lukas. »Und so, wie es aussieht, kriege ich auch keinen. Und dann ist Weihnachten kahl. Ganz kahl.«

Er blickte düster auf die unendliche Fläche des gefrorenen Meeres hinaus und nickte vor sich hin wie ein sehr, sehr alter Mann.

Neben ihm auf dem Geländer der Mole saß Luisa. »Dafür bist du ein wunderbarer Engel«, sagte sie.

»Na prima!«, rief Lukas ärgerlich. »Kann ich mir aus dem blöden Euchistheutederheilandgeboren vielleicht einen Baum basteln?«

Luisa zuckte erschrocken zusammen, denn Lukas wurde fast nie laut. Beinahe wäre sie vom Geländer gefallen.

»Na, dann besorgen wir eben einen«, sagte sie.

»Das hast du schon mal versucht«, sagte Lukas. »Und

dann hat ihn der alte Mann mit dem Fuhrwerk in tausend Stücke zersägt.«

Luisa dachte eine Weile nach und sah den Gestalten zu, die vermummt an der Mole spazieren gingen. Die riesigen Glasfenster des großen Cafés am Ende der Mole waren hell erleuchtet und hinter diesen Scheiben gab es einen Weihnachtsbaum – einen großen, stattlichen Weihnachtsbaum voller funkelnder Glühbirnenlichter.

»Man müsste ihnen den Baum irgendwie klauen«, murmelte Luisa. Aber der Baum war viel zu groß.

In diesem Augenblick kam der Griesgram mit seinem großen, bösen, schwarzen Hund die Mole entlang und schlurfte übellaunig die Stufen zum Café hoch.

Luisa sprang vom weißen Molengeländer. »Das ist es!«, rief sie. »Ich hab's! Los, Lukas, wir müssen uns beeilen!«

»Wie? Was denn?«, fragte Lukas. Aber Luisa war schon losgelaufen.

»Der Griesgram«, flüsterte sie Lukas im Gehen zu. »Er ist jetzt bestimmt eine ganze Weile mit seiner Zeitung und seinem Kaffee beschäftigt und den großen, bösen, schwarzen Hund hat er auch dabei.«

»Ja und?«, keuchte Lukas, der Mühe hatte, mit ihr Schritt zu halten.

»Er hat einen Garten, oder? Und in dem Garten ...«

»... gibt es eine kleine Ansammlung von Fichten«, ergänzte Lukas.

»Richtig«, sagte Luisa.

»Martin, hast du ein Beil?«, fragte sie kurze Zeit später atemlos.

»Na klar, in der Schublade, dort oben links«, antwortete Martin, der hinter dem Tresen des Cafés stand und in seinem neuen Topf sein allerneustes Glühweinrezept ausprobierte.

Luisa öffnete die Schublade oben links.

Da war kein Beil.

»Da ist kein Beil«, sagte Luisa.

Martin seufzte. »Das sollte ein Witz sein, Luisa. Natürlich habe ich kein Beil. Was *willst* du mit einem Beil?«

»Egal, ich nehm das große Messer«, sagte Luisa und war schon wieder weg.

Martin sah ihr kopfschüttelnd nach. Er hatte bisweilen Schwierigkeiten, seine Tochter wirklich zu verstehen.

Die Hecke war nicht besonders hoch. Der Griesgram brauchte keine hohe Hecke, denn er hatte den großen, bösen, schwarzen Hund. Aber der saß jetzt im Café fest. Luisa und Lukas bahnten sich einen Weg durchs verschneite Geäst und standen im Garten des Griesgrams – einem ordentlichen, gerade geschnittenen Rechteck.

Die Fichten wuchsen als kleine Gruppe in einer Ecke. Es waren vier.

»Da kann er ja wohl eine entbehren oder wie oder was?«, sagte Luisa.

Das fand Lukas auch.

Die kleinste Fichte war ungefähr so groß wie Luisa und stand ganz hinten an der Hecke. Luisa kniete sich in den Schnee und setzte das Messer an.

Es war eine sehr harte Fichte. »Dickköpfig, möchte man meinen«, sagte Luisa. »Störrisch. Uff.«

Sie säbelte und säbelte, aber alles, was dabei herauskam, war ein kleiner Ritz im Stamm des Baumes.

»Lass mich mal!«, wisperte Lukas ungeduldig.

Er schnitzte ein paar Späne von der Baumrinde ab und Luisa sah ihm mit schief gelegtem Kopf dabei zu.

»Sieht aus, als wäre ein Biber hier gewesen«, meinte sie. »Ein sehr alter Biber mit *sehr* schlechten Zähnen.«

»Was macht ihr denn da?«, fragte jemand und Luisa sprang in die Luft vor Schreck.

An der Hecke lehnte Aik und sah ihnen neugierig zu.

»Wir fällen eine Fichte«, sagte Luisa.

»Mit einem Küchenmesser kann man doch keine Fichte fällen«, sagte Aik.

»Ach, du«, zischte Luisa. »Bloß weil du ein winziges Jahr älter bist, brauchst du gar nicht immer so schlau zu tun. Was würdest du denn nehmen?«

»Eine Laubsäge«, schlug Aik geduldig vor.

»Damit kann man doch nur Laubbäume zersägen. Das hier ist ein Nadelbaum, bist du denn blind?«

In diesem Moment bellte jemand. Er bellte groß und schwarz und böse.

»Verdammt«, flüsterte Luisa. »Sie kommen zurück. Lukas, wir müssen hier weg!«

Das Bellen kam rasch näher, begleitet von schlurfenden, missmutigen Schritten.

Luisa und Lukas wuselten ins Geäst der Hecke, um einen Durchschlupf zu finden. Aber hier war die Hecke dichter. Nirgendwo wollten die sperrigen, dornig-kahlen Äste sie durchlassen.

»Was ist denn hier los?«, hörte Luisa den Griesgram schimpfen. Jetzt hatte er sie entdeckt. Verflixt.

Aber der Griesgram hatte sie gar nicht entdeckt. Er sprach mit Aik.

»Ich bin ausgerutscht!«, hörten sie Aik auf der Straße jammern. »Ich glaube, ich hab mir den Fuß verstaucht ... au ... vielleicht ist er gebrochen ...«

Luisa grinste Lukas zu und hielt beide Daumen hoch. Aik würde den Griesgram sicher noch ein Weilchen beschäftigen.

Sie machte Lukas eine Räuberleiter und er kletterte auf die Hecke, die merkwürdig federnd unter ihm nachgab. Dann zog Lukas Luisa hoch.

»Wie ausbrechen aus einem Gefängnis«, flüsterte Lukas, als sie beide oben saßen.

»Machst du das häufiger, ausbrechen aus Gefängnissen?«, erkundigte sich Luisa und sprang auf der anderen Seite der Hecke hinunter.

»Andauernd«, sagte Lukas und grinste.

Geschichte zum 17. Dezember

»Hast du meinen Schal gesehen?«, fragte Mandy.

»Och, nö«, sagte Luisa. »Kommst du nun mit Schlittschuh laufen oder nicht?«

Natürlich kam Mandy mit. Aber wo der Schal war, interessierte sie doch. Zuletzt hatte sie ihn in Martins Café gesehen ...

Ann-Kathrin ging mit zum Schlittschuhlaufen. »Falls wieder jemand ins Eis einbricht«, meinte sie.

Dabei war das Eis jetzt wirklich dick genug.

»Selbst für einen Elefanten«, sagte Aik, »falls einer kommt und Schlittschuh laufen will.«

Es kam aber kein Elefant. Stattdessen war der Strand voll mit anderen Zweibeinern, die ihre Schlittschuhe an- und auszogen, auf karierten Decken saßen und sich die Handschuhfinger an Thermoskannen wärmten.

»Komisch, wie anders es hier im Winter aussieht«, sagte Mandy.

»Ja«, sagte Luisa, »das liegt daran, dass jetzt nicht mehr Sommer ist.«

Am Ufer war das Eis hubbelig und pickelig und man musste darüberstaksen wie ein großer, humpelnder Storch. Dann wurde es aber schön und glatt. Mandy breitete die Arme aus und lief auf ihren blassrosa Damenschlittschuhen eine große, elegante Schleife. »In Frankfurt sind wir immer auf richtigen Eisbahnen gelaufen!«, rief sie.

»Ach was, und jetzt läufst du auf einem richtigen Meer!«, rief Luisa und legte mit ihren Hockey-Schlittschuhen neben Mandy eine Vollbremsung hin, dass die Schneeschicht auf dem Eis nur so nach allen Seiten davonstob.

»Guckt mal!«, sagte Lukas, der drei Paar Socken in seinen Schlittschuhen trug, weil sie gebraucht waren und ihm noch nicht ganz passten. »Guckt mal, da kommt Frederick!«

O ja, und da kam er! Seine grüne Cordhose leuchtete auf dem weißen vereisten Meer wie eine Steuerbordboje.

Er stakste storchig über das Hubbeleis und erreichte die glatte Fläche, und dann ...

»Wieso stakst er denn immer noch?«, fragte Mandy.

Frederick grinste, winkte und hätte dabei beinahe das Gleichgewicht verloren.

»Oh-oh«, murmelte Ann-Kathrin, »ich ahne Böses. Er *kann* gar nicht Schlittschuh laufen.«

»Wieso tut er es dann?«, erkundigte sich Lukas interessiert.

»Weil er in Ann-Kathrin verknallt ist, deshalb«, sagte Luisa und wich Ann-Kathrins Faust gerade noch im rechten Moment aus.

Frederick kam keuchend bei ihnen an.

»Du läufst nicht Schlittschuh«, sagte Mandy, »du *gehst* Schlittschuh.«

Er nickte eifrig. »Ich dachte, vielleicht könnt ihr es mir beibringen.«

»Sieht ganz so aus«, sagte Ann-Kathrin, »als bliebe uns nichts anderes übrig.«

Sie seufzte und hakte Frederick unter, der von einem zum anderen Ohr strahlte und versuchte so zu tun, als würde er nicht strahlen, was ihm einen etwas seltsamen Gesichtsausdruck verlieh.

Luisa seufzte auch und hakte sich bei Frederick unter.

»Also«, bestimmte sie. »Rechts, links, rechts – ausgleiten! Du musst längere Schritte machen, viel längere ... ja ...«

So glitt Frederick stolpernd aufs Eis hinaus, eingeklemmt zwischen zwei zerzausten, blond gelockten Windmädchen. Von weitem hätte man sie für zwei Engel halten können. Aber von nahem sah man selbstverständlich gleich, dass man sich geirrt hatte. Die Engel fluchten und schimpften nämlich, wenn ihnen mal wieder Fredericks Füße in den Weg kamen, und knufften sich gegenseitig hinter Fredericks Rücken und kicherten und sangen zwischendurch sehr falsch ein halbes Weihnachtslied.

Bei der orangeroten Boje, die fest im Eis steckte, ließen die Engel Frederick los und blieben stehen, um ihn anzufeuern. Sie hatten ihn umgedreht und nun lief er wieder auf den Strand zu.

»Du kannst es!«, rief Luisa.

»Ich weiß nicht!«, rief Frederick.

»Immer ans Gleiten denken!«, rief Ann-Kathrin.

Frederick ruderte mit den Armen und gab sich alle Mühe.

»Er ist eigentlich gar nicht schlecht«, sagte Ann-Kathrin. »Für jemanden mit so *grünen* Hosen.«

Am vereisten Ufer winkten Aik, Lukas und Mandy.

Frederick hatte sie beinahe erreicht, als jemand quer über den verschneiten Strand gerast kam. Der Jemand hatte vier Beine und sehr zerzauste Barthaare.

»Herr Moosbach!«, rief Luisa.

Er schlitterte begeistert aufs Eis hinaus. Lukas, Aik und Mandy wichen gerade noch aus und Herr Moosbach, der nicht mehr stoppen konnte, schoss zwischen ihnen durch – direkt auf Frederick zu.

»Wir haben vergessen ihm das Bremsen beizubringen«, sagte Ann-Kathrin.

»Wem?«, fragte Luisa. »Frederick oder Herrn Moosbach?«

»Beiden«, antwortete Ann-Kathrin und lief los.

Sie lief, so schnell sie konnte. Luisa sah, wie sie geduckt über das Eis jagte. Wie ein perfekter Hockeyspieler, dachte sie, nur ohne Puck.

Sie fragte sich, wer Frederick zuerst erreichen würde: Ann-Kathrin oder Herr Moosbach, der noch immer ungebremst dahinschlitterte. Sie erreichten ihn beide gleichzeitig.

Luisa kniff die Augen zusammen.

Sie hörte ein Jaulen, einen Aufschrei und ein Krachen. Vorsichtig öffnete sie die Augen wieder. Auf dem Eis lag jetzt ein Knäuel aus zwei relativ erwachsenen Schlittschuhläufern und einem Hund. Luisa setzte sich in Bewegung.

Als sie bei dem Knäuel ankam, hatte Herr Moosbach sich bereits daraus befreit.

Ann-Kathrin und Frederick lagen noch immer auf dem Eis hingestreckt, Ann-Kathrin lag auf dem Rücken und hatte ein seltsam verzerrtes Gesicht. Einen Moment lang bekam Luisa Angst.

Doch dann merkte sie, dass Ann-Kathrin lachte. Sie hielt sich den Bauch und lachte und lachte. Und als sich

Herr Moosbach den Pulverschnee aus dem Fell schüttelte und alle drei in eine weiße Wolke hüllte, lachte Ann-Kathrin noch mehr.

»Na ja, diesmal«, prustete sie dann, »hab ich wohl versucht, dich zu retten!«

»Tu das bitte nie wieder«, knurrte Frederick und wischte sich den Schnee aus den Augen.

Geschichte zum 18. Dezember

»Und jetzt«, verkündete Martin feierlich, »weihen wir den neuen Topf ein. Er ist garantiert explosionsfest und hält den Glühwein auch in der bittersten Kälte für Stunden warm. Ach was, Stunden: Tage!«

»Wochen«, sagte Ann-Kathrin.

Martin hievte das Topfmonstrum auf die Theke des Fischstands und Ann-Kathrin goss aus einer großen Kanne duftendes Rot hinein. Sie hatte zwei dicke Strickpullover an und darüber die blau-weiße Schürze, die sie im Sommer zum Fischverkauf trug. Jetzt hatte es ein Ende mit der Ausprobiererei drinnen im warmen Café. Jetzt wurde hier draußen Ernst gemacht.

Luisa sah von oben zu, wie Martin und Ann-Kathrin herumwuselten. Sie saß wieder im Kirschbaum und hatte die beste Übersicht. »Sie kommen!«, brüllte sie.

Martin zuckte zusammen und hätte beinahe die Kelle fallen lassen, mit der er im Glühwein rührte.

»Wer kommt?«, rief er zurück.

»Na, die Touristen!«, rief Luisa. »Es sind zwei.«

»Zwei«, sagte Martin, »sind gut für den Anfang.«

Luisa stopfte Mandys angefangenen Schal in die Jackentasche und krabbelte vom Kirschbaum.

»Drei«, verbesserte sie sich.

Denn die Touristen kamen nicht allein und sie kamen auch nicht von selbst. Sie hatten einen Führer, einen kleinen schmächtigen Führer, der sie mit wild ausladenden Gesten zu Martins Stand dirigierte.

»Was *tut* Lukas da?«, fragte Martin.

»Er fängt Kunden für dich, denke ich«, meinte Luisa.

Kurz darauf war Lukas mit seinen Touristen da. »... berühmt«, sagte er gerade, »überall berühmt für den besten Glühweinstand von Ammerlo.«

»Gibt es mehrere?«, fragte Martin Luisa flüsternd.

»Pst«, machte Luisa.

»Zweimal Glühwein, bitte«, sagte der eine Tourist. Es war ein dicker, rotbackiger Mann, und Luisa fand, dass er aussah, als würde er täglich in Glühwein *baden*. Martin schöpfte dampfende Flüssigkeit in zwei Tassen.

»Oh«, sagte die Touristen-Frau und nippte. Luisa drückte so fest die Daumen, dass es wehtat. Hoffentlich war nicht wieder etwas schiefgegangen! Hoffentlich hatte Martin an alles gedacht, was er in den letzten Tagen über das Glühweinmischen gelernt hatte! ...

»Merkwürdig«, sagte die Frau.

»Ja«, sagte der Mann. »Überaus merkwürdig.«

»Oje«, wisperte Ann-Kathrin.

»Alle Welt hat uns gesagt, jetzt, wo keine Saison ist, würde man nirgendwo etwas bekommen«, fuhr die Frau fort, »und alles hier in Ammerlo wäre ganz und gar leer. Und dann sage ich doch zu Ulrich, Ulrich, sage ich, jetzt einen Glühwein, das wäre schön. Aber es ist ja so leer.«

»Weil keine Saison ist«, ergänzte Ulrich.

»Und dann – *peng!* – wie aus dem Nichts taucht ein Glühweinstand auf«, sagte die Frau und trank noch einen Schluck. »Mit dem besten Glühwein, den ich seit langem probiert habe!«

»Sie machen ihn bestimmt selbst, nicht wahr?«, erkundigte sich der apfelbäckige Mann.

»Natürlich«, sagte Luisa.

»Nach eigenem Rezept«, sagte Ann-Kathrin.

»Mit einigen geheimen Zutaten«, sagte Martin.

»Das schmeckt man«, sagte der Mann.

Dann gaben die beiden ihre leeren Tassen zurück und spazierten am Hafen entlang davon. Martin öffnete den Mund, um etwas zu sagen, doch da schrie Luisa schon wieder: »Sie kommen! Jetzt kommen sie wirklich!«

Die anderen folgten mit dem Blick ihrem ausgestreckten Arm, und da sahen sie die schwarze Menge, die auf der anderen Seite der Klappbrücke soeben aus einem doppelstöckigen Bus quoll. Die schwarze Menge setzte ihre Mützen auf und wälzte sich über die Brücke. Eine schwarze Menge alter Damen auf Kaffeefahrt. Sie hatten die Brücke kaum verlassen, als eine von ihnen einen spitzen Schrei ausstieß und auf den Stand zeigte.

Und zwei Minuten später waren sie alle ausnahmslos unterwegs dorthin.

»Ach, du meine Güte«, murmelte Martin. »Wie sollen wir die alle bedienen?«

Luisa überlegte, so schnell sie konnte, und an manchen Tagen war das sehr schnell. »Ihr braucht Verstärkung«, sagte sie. »Lukas und ich könnten euch helfen. Aber du musst uns bezahlen. Wir brauchen Geld für einen Weihnachtsbaum.«

»Von mir aus«, sagte Martin gutmütig.

Da war auch schon der erste Ansturm da.

»Fünf Glühweine!«, rief eine Dame, deren Haare einen leichten Lilastich hatten.

»Ich dachte, wir gehen Kaffee trinken«, sagte der einzige Herr der Gruppe. »Ist dies nicht eine Kaffeefahrt?«

»Seien Sie doch kein Spielverderber«, meinte eine Dame mit falschem Fuchspelz. »Trinken Sie einen Glühwein mit uns.« Der Fuchs hatte grüne Plastikaugen und sah aus, als bräuchte er eine Brille gegen das Schielen.

»Das hier ist übrigens der billigste und beste Glühwein von ganz Ammerlo!«, erklärte Martin. Das stimmte, denn es war der einzige. »Sie haben großes Glück. Gestern um diese Zeit war kein Glühwein mehr da.«

Das stimmte auch, denn da waren die Orangen am Topfboden angebrannt und Martin hatte das Gebräu voller Wut in den Fluss gekippt.

Vor dem Glühwein-Fischstand hatte sich jetzt eine richtige Schlange gebildet.

Die alten Damen waren sehr lustige alte Damen, und je mehr Glühwein sie tranken, desto lustiger wurden sie. Manche flohen mit ihrem Glühwein in die Wärme des Cafés, aber die meisten blieben draußen und atmeten weiße Wolken mit Nelkenduft in die Winterluft.

Drinnen im Café sahen Luisa und Lukas staunend zu, wie zwei Damen auf eine Bank kletterten und begannen, auf der Sitzlehne zu balancieren.

»Jua-chuu-uuuu!«, riefen sie und winkten.

»Kommen Sie sofort da runter!«, rief der einzige Mann der Gruppe.

»Ach, nun amüsieren Sie sich doch auch ein bisschen!«, flötete eine Dame und legte ihren Arm um ihn.

»Ich habe überhaupt keine Lust, mich zu amüsieren«, knurrte der Mann. »Kommen Sie von der Theke runter!«

»Oh, aber hier sssitzt es sich v-viel besser!«, riefen zwei Damen im Chor.

»Es wird Zeit zu gehen«, sagte der Mann.

»Also wirklich! Warum kommen Sie überhaupt mit

auf unsere Kaffeefahrten?«, fragte eine andere Dame und setzte ihren leeren Glühweinbecher als Hut auf. »Wenn Sie nie ein bisschen Spaß haben wollen.«

»Falls Sie es vergessen haben: Ich bin Ihr Busfahrer«, knurrte der Mann.

☆

Nach einer halben Stunde hatte Martin bis auf einen winzigen Rest allen Glühwein aus dem Riesentopf verkauft. Die winzige Pfütze tranken Ann-Kathrin und er, während sie den alten Damen nachsahen. Die Zielstrebigkeit in ihrem Gang hatte etwas nachgelassen und sie kicherten jetzt wie eine Schulklasse, während sie am Hafen entlang davonwanderten.

»Mann, Mann«, sagte Martin und wischte sich den Schweiß von der Stirn. »Das war ja ein tolles Geschäft!«

»Wir sind in eine Marktlücke gestoßen«, sagte Ann-Kathrin.

»In eine was?«, fragte Lukas.

»Und was ist nun dein geheimes Glühweingewürz?«, fragte Luisa neugierig.

Martin griff unter die Theke und holte eine Pappschachtel mit buntem Aufdruck hervor. »Aldi«, sagte er und lächelte fein. »Das Geheimgewürz heißt Aldi.«

»Bloß nicht bei Tabak«, murmelte Lukas. Er dachte an seinen billig rauchenden Vater und fragte sich, wieso er nicht *ein Mal* auch so lustig sein konnte wie Martin.

Geschichte zum 19. Dezember

Luisa fluchte. Es war wirklich nicht so einfach, einen Schal zu stricken. Vor allem in Lila. In einer anderen Farbe wäre es bestimmt einfacher gewesen.

»Was machst du da?«, fragte Martin. Er schrieb gerade eine geheime Liste, was er für Weihnachten noch besorgen musste, und gleichzeitig kraulte er unter dem Tisch mit dem Fuß Herrn Moosbach.

»Sieht man das nicht?«, fragte Luisa und beugte sich noch ein wenig tiefer über den Schal.

»Nun«, meinte Martin, »*ich* würde sagen, du machst eine Menge kleiner Knoten in einen Wollfaden. Aber warum?«

»Ich mache keine kleinen Knoten, *ich* stricke.«

»Ach so?«

»Ja. Für Mandy. Sie hat angefangen und ich mache weiter. Dann braucht sie nicht selbst weiterzumachen. Das ist mein Weihnachtsgeschenk für sie.«

Martin zog ein zweifelndes Gesicht und Luisa beschloss, ihn besser nicht zu beachten. Männer verstehen eben nichts vom Stricken – insbesondere Väter nicht.

Die Tür des kleinen Cafés klappte und Aik kam mit seinem Tiger herein, der Levke verdächtig ähnlich sah.

»Ich muss hier mal was basteln, was meine Mutter nicht sehen darf, weil es für Weihnachten ...«, verkündete er, entdeckte Luisa und stockte. »Was machst du da?«, fragte er neugierig und sah Luisa über die Schulter. »Wieso zerfusselst du Mandys Wollknäuel und versuchst dir mit Stücken davon die Blutversorgung deines Zeigefingers abzuklemmen?«

Luisa verdrehte die Augen.

»Männer«, seufzte sie, »verstehen wirklich nichts vom Stricken. Insbesondere Väter *und* Aiks nicht.«

Herr Moosbach schnüffelte an einem losen Wollende und nieste.

»*Und* alte Hunde auch nicht«, fügte Luisa hinzu.

Während Luisa strickte und Martin geheime Listen schrieb und Aik mysteriöse Dinge bastelte, liefen auch anderswo die Vorbereitungen für das Fest auf Hochtouren.

Besser gesagt: Sie liefen in Gestalt von Lukas zum *Sky*, der zwischen Ammerlo und der Stadt lag und der nächste Supermarkt war, der Christbäume verkaufte.

Luisa hatte Lukas großzügig ihren Anteil am Glühwein-Verkaufsverdienst mitgegeben und nun war Lukas also auf dem Weg zu seinem Baum.

Seinem ganz speziellen, herrlichen, unglaublich grünen, gleichmäßigen, geraden und einfach wunderschönen Baum, der die kahle Wohnung am Festtag retten würde – und vielleicht sogar seinen Vater in Weihnachtsstimmung bringen könnte.

»Es ist ein bisschen wie damals«, murmelte er vor sich hin, »als wir das Geld verdient haben, um ein Segel für unser Boot zu kaufen. Aber das Segel war dann zu teuer gewesen ...«

Er fühlte besorgt in seiner Hosentasche nach den Münzen. »Ob ein Baum viel kostet?«, fragte er in die kalte Winterluft. Seine Worte stiegen wie eine merkwürdige Art von Fischblasen aus weißem Dampf vor ihm auf.

Beim *Sky* drängelten sich die Menschen.

Noch fünf Tage bis Weihnachten, da musste man wohl eine Menge einkaufen. Lukas fragte sich, ob sein Vater etwas Besonderes einkaufen würde. Wahrscheinlich eher nicht. Sein Vater hasste Weihnachten. Es war teuer und überflüssig, fand er.

»Aber gerade die überflüssigen Dinge sind die schönen«, sagte Lukas und lief auf den Verschlag aus Latten und Draht zu, in dem die Weihnachtsbäume standen.

Vor einer Woche war er schon einmal hier gewesen und hatte die duftenden Tannen und Fichten bewundert.

Und jetzt – jetzt würde eine davon bald ihm gehören!

»Das heißt«, sagte Lukas verwirrt, »wenn noch eine da wäre.«

Denn das Draht-und-Latten-Viereck war ganz und gar leer. Nur ein paar Zweige mit ausfallenden Nadeln lagen auf dem Boden.

Lukas schüttelte den Kopf. Bestimmt hatten sie die Bäume in den Laden gestellt, damit sie nicht sofort erfroren – bei der Kälte.

Er stapfte durch den zertretenen braunen Schneematsch zum Supermarkt und tauchte in die gelbe Wärme und das adventliche Radiogedudel ein.

An der Kasse saß ein dünner, pickeliger Junge in weißem Kittel. Irgendwie gelang es ihm, gleichzeitig genervt und gelangweilt auszusehen.

»Entschuldigen Sie«, sagte Lukas, »die Bäume – wo sind denn die Bäume bitte jetzt?«

Der Junge drehte sich langsam und lustlos um und schob seinen Kaugummi von einer Backentasche in die andere. Er musterte Lukas von Kopf bis Fuß, kaute nachdenklich ein paarmal und sagte schließlich: »Welche Bäume?«

»Na, die Weihnachtsbäume«, erklärte Lukas ungeduldig. »Sie sind nicht mehr draußen. Sie müssen jetzt wohl drinnen sein.«

»Sind sie wohl nicht«, sagte der Junge, kaute weiter und stierte Lukas ausdruckslos an.

»Weshalb?«, fragte Lukas.

»Weil sie nicht mehr da sind, deshalb«, sagte der Junge. Dann wandte er sich dem nächsten Kunden zu, der schon ungeduldig wartete.

»Sti-hi-lle-he Na-ha-haaacht«, dudelte es aus dem Radio.

»Warte!«, rief Lukas und stampfte mit dem Fuß auf. »Wieso sind sie nicht mehr da? Wo sind sie auf einmal hingekommen?«

»Nach nirgendwo«, sagte der Junge und zog eine Packung Lebkuchen über das Band. »Sie sind verkauft. Alle.«

»Und wann kommen neue?«, fragte Lukas schon ganz verzweifelt.

»Na, nächstes Jahr, schätze ich«, antwortete der Junge und suchte das Preisschild auf einem rotweißen Plastikweihnachtsmann, der ein bisschen schielte. »Die sind in der ganzen Umgebung ausverkauft, hast du das noch nicht gemerkt? Wer jetzt noch keinen Weihnachtsbaum hat, ist selbst schuld.«

Lukas starrte ihn einen Moment lang wütend an. Er merkte, wie heiße Tränen in seine Augen stiegen.

Dann drehte er sich abrupt um, gab einer leeren Einkaufstüte, die auf dem Boden herumlag, einen Tritt und stürmte aus dem Supermarkt in die Kälte hinaus.

Er würde einen Weihnachtsbaum finden, da könnten sie alle mal sehen! Egal, wie!

Geschichte zum 20. Dezember

Herr Moosbach lief nervös die Dorfstraße auf und ab und witterte die Spannung in der Luft. Alles war so anders als sonst und keiner hatte mehr Zeit für ihn. Luisa strickte an Mandys Schal. Martin fuhr in geheimer Mission in die Stadt. Aik saß im Café tief gebeugt über etwas Streichholzgroßem, Unerkennbarem und hantierte mit einer Klebertube. Aiks Mutter hatte sich zu Hause ebenfalls eingeschlossen und man hörte hinter der Küchentür eine Nähmaschine rattern. Mandy brachte Erik bei, ein besseres Schaf zu sein, und Lukas kaufte von dem Glühweingeld wenigstens guten Pfeifentabak für seinen Vater.

Um 14 Uhr 58 verstummte das Nähmaschinengeratter und Aiks und Levkes Mutter verkündete: »Jetzt ist es so weit. Wir müssen eine Generalprobe machen.«

»Was für 'ne Gähn-Sache?«, fragte Levke und kroch auf allen vieren unter dem Küchentisch hervor.

»Eine Probe, bei der das Krippenspiel genau so ist, wie es an Heiligabend sein soll«, erklärte ihre Mutter.

Levke setzte sich auf und verschränkte die Vorderpfoten.

»Eins will ich euch aber mal allen sagen«, fauchte sie. »Ich bin NICHT das komische Baby in der Krippe. Auf keinen Fall bin ich das.«

»Bist du wohl«, sagte Aik.

»Bin ich nicht.«

»Bist du doch.«

»Ruhe!«, rief Aiks Mutter. Da hörten sie draußen den Mann vom Segelladen fluchen. Es war schon wieder ein Stein an seine Scheibe geflogen.

»Das machst du extra!«, rief er. »Ich weiß genau, dass du das extra machst, du dummes Gör! Und eines Tages werde ich es dir beweisen.«

»Luisa ist hier«, sagte Aik und öffnete das Küchenfenster.

Unten vor dem zugefrorenen Fluss standen zwei Gestalten – eine in Blau und eine in Rosa. Die rosa Gestalt hatte zwei Dinge auf dem Arm: etwas fettes, wabbeliges Weißes – und etwas seltsam Lachsfarbenes, das Aik nicht erkennen konnte.

Die blaue Gestalt hopste auf und ab und winkte.

»Mandy hat einen Jesus gefunden!«, schrie Luisa. »Einen ganz perfekten Jesus!«

Mandy hob das lachsfarbene Ding hoch – und da erkannte Aik, dass es eine sehr große, ziemlich hässliche Babypuppe war.

»Sieht meiner Schwester verblüffend ähnlich!«, rief er.

»Ist es auch ein Tiger?«, fragte Levke hinter ihm.

So kam es, dass an diesem Nachmittag in der Kirche von Ammerlo die geheimste Veranstaltung seit Jahren stattfand.

Sie machten nur ein paar Kerzen an, damit niemand etwas von den geheimnisvollen Aktivitäten in der Kirche merkte. Nicht einmal der Pfarrer, der in einem dicken Schal, mit zwei Mützen und einer roten Schnupfennase neugierig vorbeikam, durfte zusehen.

»Sie müssen noch bis Heiligabend warten«, sagte Lukas zu ihm. »Aber machen Sie sich keine Sorgen, es wird bestimmt schön.«

Der Pfarrer wollte etwas antworten, doch alles, was er hervorbrachte, war ein explosiver Großnieser.

»Marsch zurück ins Bett!«, befahl Luisa und schob ihn in Richtung Pfarrhaus.

Dann schlossen sie die große Flügeltür der Kirche und begannen zu proben.

Aik und Ann-Kathrin suchten so lange nach der Herberge, bis Aiks Mutter ungeduldig wurde und flüsterte, sie hätten sich eine Straßenkarte mitnehmen sollen nach

Bethlehem. Aber dann fanden sie schließlich den Postkartenmann und ließen sich in den Stall geleiten.

Ann-Kathrin hatte sich ein Kissen unter ihren Pullover gesteckt und sah sehr schwanger aus. Luisa merkte, wie Frederick neben ihr schluckte. »Beinahe könnte man meinen, es wäre echt!«, wisperte er. »Hat sie eigentlich einen Freund?«

»Klar doch«, flüsterte Luisa, »der ist unsichtbar. Deshalb siehst du ihn nie, wenn er sie in Ammerlo besucht.«

Frederick sah sie verständnislos an. »Natürlich hat sie *keinen*, du Blödkopf, denn das wäre hier im Dorf wohl nicht zu übersehen«, zischte Luisa.

Dann stapfte sie mit Mandy aufs Fe-helde. Erik saß schafbrav etwas abseits und beinahe glaubte Luisa ihn blöken zu hören, so gut machte er sich als Lamm. Und plötzlich erschien Lukas, mit zwei großen, goldpapierbezogenen Pappflügeln auf dem Rücken, und lächelte engelhaft.

»Fürchtet euch nicht«, sagte er, »denn euch ist heute der Heiland geboren. Ihr werdet finden das Kindlein in Windeln gewickelt …«

Mandy und Luisa, die Hirten, stützten sich krumm auf ihre Stöcke und machten sich auf den beschwerlichen Weg zum Altar – der Weg betrug zwei Meter –, und da fanden sie auch das Kind in einer Krippe liegen bei Maria und Josef im Stall.

Trotz der Windeln leuchtete der Heiland aufdringlich lachsrosa. Herr Moosbach stand neben der Krippe, die sie aus einer Apfelkiste gebaut hatten, und hatte offenbar die Rolle von Ochs und Esel übernommen. Er machte ein sehr ernstes und wie immer etwas fusseliges Gesicht dabei.

Im flackernden Licht der Kerzen wanderten schließlich die Heiligen Drei Könige durch die ganze Kirche. Norbert und Ronny traten ab und zu auf den Saum der Bademäntel, die sie sich zu diesem Zweck von ihren Eltern gemopst hatten, aber dennoch wirkte alles sehr königlich. Frederick hatte sich einen roten Vorhang um die Schultern geschlungen, und darunter sah man seine froschgrüne Cordhose beinahe gar nicht.

Das Gold war jetzt aus Glanzpapier und für Weihrauch hatten sie sich auf einen Strauß glühender indischer Räucherstäbchen geeinigt. Nur was Myrrhe genau war, wusste keiner so recht.

Norbert war dafür zuständig, sie zu liefern, und alle waren etwas erstaunt, als er Maria – alias Ann-Kathrin – eine große, orangegelbe Karotte überreichte.

»Ich glaube, er hat sich verhört mit der Myrrhe«, flüsterte Mandy.

»Aber es ist eine besonders schöne Möhre«, flüsterte Luisa zurück.

Levke lief den Heiligen Drei Königen nach und

maunzte. Darüber wunderte sich keiner. Allen erschien es einleuchtend, dass die exotischen Könige statt eines Kamels einen Tiger dabeihatten.

Sie waren beinahe mit der Generalprobe fertig, als draußen jemand bellte. Herr Moosbach spitzte die Ohren und knurrte.

»Das ist der große schwarze Hund«, sagte Aik. »Verflixt. Ich glaube, der Griesgram hat sich auf den Friedhof geschlichen.«

»Da!«, sagte Levke und streckte ihre Tigerpfote aus.

Im vordersten Kirchenfenster zeichnete sich schemenhaft ein Gesicht ab. Es war tatsächlich der Griesgram. Er musste draußen auf eine der Gärtnerschubkarren geklettert sein, um das Fenster zu erreichen.

Und da klebte er also mit der alten griesgrämigen Nase am Fenster und sah zu ihnen herein und blinzelte gegen das Kerzenlicht an.

»Das darf er nicht!«, flüsterte Mandy ärgerlich. »Einfach so zugucken! Es ist doch alles noch geheim!«

»Aber sieh nur«, sagte der Postkartenmann, »wie seine Augen leuchten. Er sieht ganz und gar glücklich aus.«

In diesem Moment bemerkte der Griesgram, dass sie ihn gesehen hatten, und er verschwand vom Fenster.

Ann-Kathrin klemmte sich Jesus unter den Arm und stand auf.

»Wir müssen uns noch verbeugen«, sagte sie.

Geschichte zum 21. Dezember

Am Morgen des Heiligen Abends wachte Lukas auf und wusste, dass er noch immer keinen Baum hatte. Nicht mal den kleinsten Zweig. Er zog sich an und kletterte die steile Stiege hinunter. In der Küche hing noch der kalte Pfeifenrauch seines Vaters. Der Rauch von dem billigen Tabak. Ein Glück, dass Lukas schon richtig guten Tabak für seinen Vater besorgt hatte.

Er sah aus dem Fenster. Der Himmel war weiß und voller Schnee, der bestimmt heute noch herunterschneien würde. Irgendwo unter diesem weißen, kalten Himmel stand Lukas' Vater gerade jetzt auf einem kalten Fischerboot und zog kalte Fische aus dem kalten Bodden. Aber wenn er heute Abend nach Hause käme, dann würde ein Baum in der Küche stehen. Entschlossen schlüpfte Lukas in seine Stiefel und wenig später verließ er genauso entschlossen das Haus.

»Du siehst sehr entschlossen aus«, sagte Luisa, die Lukas am Glühwein-Fischstand vorfand. Martin versteckte gerade die Aldi-Glühweintüten und war unter der Theke verschwunden.

»Das Dumme ist nur«, sagte Lukas, »dass ich nicht weiß, *wozu* ich entschlossen bin. Ich habe keinen Baumfinde-Plan. Aber es ist die letzte Gelegenheit. Die allerletzte. Wenn ich heute keinen finde, gibt es wieder ein Weihnachtsfest ohne Baum und alles wird genauso traurig und grau und einsam wie letztes Jahr.«

Luisa schüttelte den Kopf, dass ihr wirres blondes Haar nur so durch die Gegend flog.

»Aber ja wohl bestimmt *nicht*«, sagte sie und legte ihre Stirn in nachdenkliche Falten.

»Du siehst aus wie Herr Moosbach«, sagte Lukas.

»Ich überlege.«

»Vielleicht überlegt Herr Moosbach sein ganzes Leben lang?«

Sie schwiegen eine Weile, dann sagte Luisa: »Wir brauchen die Säge von Aik. Er hat gesagt, er habe eine Säge zu Hause. Zum Griesgram sollten wir nicht noch mal gehen, der ist gewarnt. Aber wir könnten woanders hingehen, wo es Bäume gibt.«

»Wohin denn?«

»Denk mal drüber nach«, sagte Luisa. »Wo gibt es richtig, richtig viele Tannenbäume?«

»Keine Ahnung«, gestand Lukas.

»Im Wald«, sagte Luisa geschäftig und setzte ihre Mütze auf.

Aik war immer noch damit beschäftigt, kleine Dinge aneinanderzuleimen, und Aiks Mutter saß in der Küche und quälte die Nähmaschine, die schon bedenklich quietschte. Ab und zu hörte man sie leise fluchen. Deswegen öffnete Levke die Tür, nachdem Luisa ausnahmsweise mal geklingelt hatte.

»Was wollt ihr denn?«, fragte sie. »Ich kann euch bestimmt auch helfen. Ich bin ein Tiger. Tiger sind sehr hilfreich.«

»Wissen Tiger, wo es hier im Haus eine Säge gibt?«, fragte Luisa.

»Tiger wissen *alles*«, sagte Levke bedeutungsvoll und verschwand auf allen vieren.

Sie kam tatsächlich mit einer Laubsäge wieder. Luisa nahm sie ihr schnell ab, denn Levke trug die Laubsäge im Mund – wie ein richtiger Tiger.

»Aus der Werkstatt von Papa«, erklärte sie. »Was sägt ihr denn?«

»Laub«, sagte Luisa. Und dann verließen sie rasch die Wohnung, damit Aiks Mutter nicht etwa auf die Idee käme, die Säge wäre zu gefährlich.

Sie fuhren mit den Rädern über die mit Schneematsch bedeckte Straße hinaus auf die Felder am Wasser. Am Waldrand stellten sie die Räder ab und Luisa schloss sie an einem Busch fest.

»Da freut sich der Busch sicher«, sagte Lukas. »Dass er auch mal zu was gut ist.«

Als sie in den Schatten der Bäume schlüpften, hüllte sie eine duftende, zweigige Dunkelheit ein. Es war kälter als je zuvor in diesem Dezember. Luisa rieb ihre Handschuhhände aneinander und schüttelte sich. »Das ist kein Wald, das ist ein *Eisfach*«, sagte sie. »Wir hätten eine Thermoskanne mit Tee mitnehmen sollen.«

»Ach was«, meinte Lukas vergnügt. »Wir bleiben ja nicht lange.«

Lukas und Luisa wanderten eine ganze Weile unter den Bäumen entlang, ohne einen zu finden, der statt kahlen Ästen Nadeln hatte.

»Ich weiß aber, dass irgendwo hier welche sind«, sagte Luisa. »Ganz sicher. Ich glaube, wir müssen tiefer in den Wald hinein.«

»Vom Weg runter?«, fragte Lukas zweifelnd. »Aber wenn es dunkel wird ...«

»Erstens«, sagte Luisa, »ist es hier sowieso schon dunkel und zweitens ist es gerade mal Vormittag.«

Sie verließen den Weg und schlüpften zwischen dicht stehenden Stämmen und tief hängenden, schneebeladenen Ästen hindurch wie zwei kleine, dick vermummte Waldkobolde. Ihre Stiefel sanken tief ein und die Blätter unter dem Schnee federten, als ginge man auf einer Daunendecke.

»Bestimmt sind wir schon hundert Jahre unterwegs«, sagte Lukas nach einer Weile. Da fanden sie die Fichten.

Es war eine ganze Gruppe – als hätten die Fichten sich gerade an dieser Stelle des Waldes versammelt, um einen Kaffee zu trinken und etwas überaus Wichtiges zu besprechen. Leider waren die meisten zu groß. Eigentlich waren alle zu groß.

»So viel Weihnachtsbaum geht nicht in die Küche«, sagte Lukas und sah an einem der Bäume hoch.

»Was wir brauchen«, sagte Luisa, »ist ein Fichtenkind.«

»Klingt wie ein Findelkind«, murmelte Lukas.

Sie entdeckten das Fichtenkind mitten zwischen den anderen Bäumen. Dort stand es windgeschützt im Schatten seiner größeren Verwandten und schien nur darauf zu warten, dass jemand es mitnahm und in eine warme Küche stellte, damit es dort unverzüglich damit anfangen konnte, ein Weihnachtsbaum zu sein.

Luisa zog die Laubsäge hervor. »Dann mal los!«

Aik schloss die Klebertube und ging in die Küche, um sich einen Kakao zu machen. Auf der Eckbank lag Levke und blätterte in einem Bilderbuch.

»Ich wusste gar nicht, dass Tiger lesen«, bemerkte Aik.

»Tiger lesen dauernd«, sagte Levke und blätterte gewissenhaft eine Seite um. »Und Tiger haben auch Lautsägen.«

»Wie bitte?«, fragte Aik verwirrt.

»Lautsägen. Lukas und Luisa waren da und haben Papas Lautsäge geleiht.«

»Die Laubsäge? Wozu?«

»Keine Ahnung«, sagte Levke und blätterte weiter.

Aik trat ans Fenster und sah nachdenklich hinaus. Am Himmel zog eine dunkle Wand auf.

Ein Verdacht beschlich Aik.

»Ich habe ihnen von der Säge erzählt«, sagte er langsam, »als sie versucht haben dem Griesgram eine Fichte zu klauen. Wo würde man noch eine Fichte klauen?«

»Ist eine Fichte ein Baum?«, erkundigte sich Levke.

»Eine Fichte ist ein Tannenbaum«, sagte Aik. »Oder so. Wo würde man einen Tannenbaum absägen, wenn nicht im Garten vom Griesgram?«

»Das ist ja wohl einfach«, sagte Levke, ohne von ihrem Bilderbuch aufzusehen. »Im Wald.«

In diesem Moment fegte der erste Windstoß eine Handvoll Schnee gegen das Fenster. Ein Windstoß, der einen Sturm verkündete.

Geschichte zum 22. Dezember

»Wann war das?«, fragte Aik. »Wann waren Luisa und Lukas hier?«

»Morgens«, sagte Levke.

Aik sah auf die Uhr. Es war kurz vor drei. *Morgens* war schon eine ganze Weile her. Und bald würde es dunkel sein.

»Ich muss weg«, sagte Aik, zog seine Handschuhe an und rannte die Treppe hinunter.

Sein Verdacht bestätigte sich: Lukas und Luisa waren weder zu Hause noch am Glühweinstand oder im Café. Martin fragte sich auch schon eine geraume Zeit, *wo* sie steckten.

Inzwischen jagte der Sturm die Flocken über die Dorfstraße wie ein verrückt gewordener Straßenfeger. Es wurde jetzt schnell dunkel, sehr viel schneller als sonst.

»Im Radio haben sie gesagt, es gibt ein richtiges Unwetter«, sagte Martin besorgt. »Wenn sie in einer halben Stunde nicht da sind, gehen wir sie suchen.«

»Ich weiß nicht«, sagte Aik, »ob ich eine halbe Stunde warten würde. Wenn Luisa und Lukas etwas tun, endet es meistens in einer Katastrophe.«

Luisa und Lukas hätten Aik vermutlich nicht zugestimmt, dass sie in einer Katastrophe endeten. Im Gegenteil, sie hatten gerade einen sehr schönen, wunderbar grünen, perfekten Weihnachtsbaum abgesägt und fühlten sich ausgesprochen erfolgreich.

Lukas schleifte die kleine Fichte hinter sich her wie ein Hund einen besonders großen unhandlichen Knochen. Luisa stampfte ihm durch den Schnee nach.

»Da wird mein Vater Augen machen!«, sagte Lukas.

»Es ist ziemlich düster«, sagte Lukas ein wenig später.

»Ist dir auch so kalt?«, fragte er noch ein wenig später.

»Bist du sicher, dass wir hier langgekommen sind?«, erkundigte sich Lukas viel später.

»Überall ist dieser Schnee im Weg«, sagte er schließlich und blieb stehen. »Man kann gar nicht erkennen, wo man geht. Und es ist verdammt windig, was? He, Luisa! Du sagst ja gar nichts!«

Er drehte sich um.

Und dann begriff er, wieso Luisa nichts sagte. Sie war gar nicht mehr da.

Er stand ganz allein mitten im Wald.

Irgendwo auf dem letzten, schneeflockenverwehten Stück Weges mussten sie sich verloren haben.

»Lukas!«, rief Luisa. »Verflucht, das ist doch tatsächlich ein Schneesturm. Was für ein denkbar schlechter Zeitpunkt für einen Schneesturm aber auch! Luuu-kaaaas! So ein Mist. Er ist einfach weg.«

Ärgerlich stapfte Luisa weiter. Sie fand es sehr unpraktisch, dass sie Lukas verloren hatte, aber Sorgen machte sie sich deswegen nicht. Spätestens am Waldrand bei den Fahrrädern würden sie sich wieder treffen.

Der Wind trieb ihr den Schnee immer dichter und dichter um die bemützten Ohren. Luisa kämpfte sich tief geduckt gegen die Schneewirbel. Von Zeit zu Zeit hob sie den Kopf und blinzelte und jedes Mal gerieten ihr dabei Schneeflocken in die Augen. Hoffentlich würde sie bald am Waldrand ankommen. Und dann merkte sie, dass es da ein Problem gab: Sie hatte keine Ahnung, in welcher Richtung der Waldrand lag. Sie hätte längst wieder bei dem großen Weg angekommen sein müssen!

Es war aber nirgendwo ein Weg zu sehen.

Eigentlich war gar nichts zu sehen.

Luisa ging so geradeaus wie möglich, denn wenn man immer geradeaus geht, muss man irgendwann irgendwo ankommen. Aber wenn einem dauernd Bäume und Dornengestrüpp im Weg stehen, ist es nicht so leicht, immer geradeaus zu gehen ...

Ihre Füße verwandelten sich allmählich in kleine Eiswürfel und sie wurde immer müder. Das letzte Mal war das passiert, als sie den Trabbi vom Postkartenmann geschoben hatte. Aber da war sie nicht allein gewesen. Und außerdem hatte es eine Straße gegeben. Zwei unschätzbare Vorteile, wenn man nach Hause will.

Und Luisa wollte nach Hause. Langsam wollte sie sogar ganz dringend nach Hause – nach Hause zu Martin, der ihr einen trockenen Pullover geben würde und eine Tasse Kakao und der vielleicht gerade wieder einen Unfall mit seinem Glühwein hatte ... Was hätte Luisa jetzt für einen Glühweinunfall gegeben! Von ihr aus hätte der Kessel direkt neben ihr in die Luft fliegen können, wenigstens wäre ihr dann warm geworden.

Mitten in dieser Überlegung stieß sie auf etwas. Es war etwas Großes mit vier langen Beinen.

Die Beine waren aus Holz. Ein Hochsitz!

Luisa entdeckte eine Leiter und kletterte hinauf. Oben gab es einen winzig kleinen Raum mit einem Dach und einer Bank. Erleichtert ließ sich Luisa darauffallen und verschnaufte ein bisschen. Wenigstens war hier kein Schnee!

Sie lehnte den Kopf an die Wand und schloss die

Augen – nur für ein paar Minuten ... Wenn es so kalt ist, darf man nicht einfach wegnicken, das wusste Luisa aus den Büchern, die Martin ihr vorlas. Sonst wachte man nicht mehr auf.

Kurze Zeit später war sie in einen erschöpften, tiefen und traumlosen Schlaf gesunken.

»Luisa?«, flüsterte Lukas ein letztes Mal. Auch dieses letzte Mal erhielt er keine Antwort. Er konnte nicht mehr rufen, seine Stimme war ganz abgenutzt.

Wenn ihm nur nicht so lausig kalt gewesen wäre!

Kurz darauf stolperte er über eine Wurzel und fiel der Länge nach in den Schnee. Wütend hämmerte er mit beiden Fäusten auf den Boden. Das war doch zu ungerecht! Da hatte man einmal einen Weihnachtsbaum gefunden, und was passierte? Man geriet in einen Schneesturm und verlor Luisa und den Weg und ... Lukas spürte, wie ihm heiße Tränen über die Wangen liefen. Er krabbelte in ein Gebüsch, um sich vor den Böen zu verstecken, die unerbittlich zwischen den Stämmen hindurchfegten.

Dort kauerte er sich hin und beschloss zu warten, bis der Sturm vorbei wäre.

Es war schon ganz dunkel. Wie spät es wohl war?

Lukas stellte sich vor, wie sein Vater allein in der Küche saß und wie es ihm leidtat, dass Lukas auf der

Suche nach einem Weihnachtsbaum ganz und gar verloren war. Und darüber wurde er noch viel, viel trauriger. Die Tränen gefroren auf seinem Gesicht zu Eisperlen. Vielleicht, dachte er noch, vielleicht erzählen sie im Radio jetzt, er wäre verschollen ...

☆

»Bist du sicher, dass sie hier sind?«, fragte Martin und stellte den alten, roten Lieferwagen mitten auf dem Feldweg ab. »Es gibt doch tausend verschiedene Waldstücke hier.«

»Aber nur in diesem gibt es Nadelbäume«, meinte Aik. Dann stieß er einen Pfiff aus und zeigte auf ein Gebüsch ganz in der Nähe.

Martin pfiff ebenfalls. »Die Räder«, sagte er. »Na, dann mal los. Hast du alles an, was du anziehen kannst?«

Aik nickte. Martin ließ Herrn Moosbach aus dem Kofferraum und gemeinsam begannen sie, sich durch den immer noch zunehmenden Sturm zu kämpfen.

Der Schnee fegte ihnen um die Ohren. Herr Moosbach versank bis zum Bauch darin und Aik sah Martin nur als Schemen vor sich. Bald würde zum Schneetreiben die nachmittägliche Dunkelheit dazukommen und dann würden sie überhaupt nichts mehr sehen.

Und dann?, fragte sich Aik. Was würde dann mit Lukas und Luisa geschehen?

☆

Geschichte zum 23. Dezember

Im Wald, zwischen den Bäumen, war es schon ganz dunkel. Aik zog sich die Mütze tiefer ins Gesicht und dachte an Weihnachten und an das Krippenspiel und wie traurig das alles ohne Lukas und Luisa wäre.

Herr Moosbach senkte von Zeit zu Zeit tapfer seine Schnauze auf den Boden hinab, doch bei diesem Wetter konnte man wirklich nicht von ihm erwarten, dass er eine Fährte roch. Jetzt hätte er nicht mal ein ganzes Wildschwein gerochen, auch kein gebratenes.

Aber dann jaulte er doch ganz plötzlich, japste und blieb stehen.

Aik griff nach Martins Jackenärmel und zog daran.

»Herr Moosbach!«, rief er gegen den pfeifenden Wind an. »Ich glaube, er hat etwas entdeckt!«

Martin drehte sich um und da sahen sie beide, dass Herr Moosbach tatsächlich etwas entdeckt hatte. Nur dass er es nicht gerochen hatte, sondern ganz offensichtlich darüber gestolpert war: Er hielt anklagend seine rechte Vorderpfote in die Luft, die er sich an dem Etwas gestoßen hatte.

Es war der Stamm einer jungen Fichte, die einfach so im Weg herumlag.

»Seltsam«, murmelte Martin und lief an dem halb verschneiten Stamm entlang. Das abgesägte Ende des kleinen Baumes lag direkt vor einem dichten Gebüsch. Martin bückte sich und schob die Zweige auseinander.

»Du meine Güte!«, hörte Aik ihn ausrufen. »Lukas!«

Im nächsten Moment knieten sie beide halb im Gebüsch und zogen und zerrten einen schlaffen, kalten Körper daraus hervor. Der Körper protestierte nicht. Der Lukas, den Aik kannte, war viel beweglicher und weniger still.

»Lukas!«, sagte Aik. »He, Lukas! Hörst du mich?«

Lukas rührte sich nicht. Seine Hände fühlten sich so kalt an wie Eisklötze.

»Red gefälligst mit uns«, sagte Martin sehr, sehr ärgerlich – aber Aik wusste, dass es die Sorge war, die ihn ärgerlich machte. Martin kniff Lukas so fest in die Backe, dass es schon vom Hinsehen wehtat.

Das war nicht besonders nett, fand Aik.

Aber Lukas erwachte davon.

Er schlug die Augen auf und sah Martin und Aik verständnislos an.

»Wieso seid ihr hier?«, fragte er.

»Damit du nicht erfrierst, du Blödmann«, sagte Aik. »Wo ist Luisa?«

Lukas ließ sich auf die Beine ziehen. Er machte ein angestrengtes Gesicht und sagte nachdenklich: »Ich glaube, die habe ich verloren. Oder vielleicht hat auch sie mich verloren. Das habe ich vergessen.«

Martin knurrte gefährlich und Herr Moosbach zog den Schwanz ein. »Lukas Tessin«, sagte Martin. »*Wo und wann bitte* hast du meine Tochter verloren?«

»Ungefähr da«, sagte Lukas und wedelte mit einer Hand in irgendeine Richtung. »Und ungefähr bevor ich in das Gebüsch gekrochen bin ... Es muss schon eine ganze Weile her sein.«

☆

Es musste schon eine ganze Weile her sein, dachte Luisa, dass sie eingeschlafen war. Verdammt, sie hatte doch nicht einschlafen wollen!

Sie legte den Kopf schief und lauschte. Da war irgendetwas gewesen, etwas, das sie geweckt hatte.

Draußen vor dem Ausguck des Hochsitzes fielen die Flocken jetzt dick und gleichmäßig zur Erde hinab, ganz so, wie es sich für einen anständigen Weihnachtstag gehörte.

Der Sturm hatte sich gelegt.

Aber etwas rüttelte am Hochsitz. Und wenn es nicht

der Sturm war, musste es jemand anders sein. Luisa kroch zur Treppe und sah hinunter. Tatsächlich. Da war jemand in einer roten Jacke damit beschäftigt, zu ihr hinaufzuklettern.

Sie hörte, wie der Jemand etwas vor sich hin murmelte. »Verflixt rutschig«, verstand Luisa, und: »Mist.«

Die Stimme kam ihr bekannt vor.

»Meinst du wirklich, von da oben siehst du eher, wo sie sein könnte?«, rief eine zweite Stimme von unten. Luisa machte im Sitzen beinahe einen Luftsprung, als sie diese Worte hörte. Martin!

Jetzt sah sie ihn auch, oder besser: sie. Martin und Lukas und Herrn Moosbach. Die drei standen nebeneinander bei einer nahen beschneiten Tanne und sahen zu dem Kletterer auf der Leiter hinauf.

Da es bestimmt nicht Mandy war, die zu Luisa heraufkletterte, blieb nur noch Aik.

Er hatte den Hochsitzausguck fast erreicht, ohne sie zu entdecken.

»Aik!«, rief Luisa freudestrahlend und ziemlich laut.

Aik zuckte zusammen, sah zu ihr auf – und trat auf der Leiter daneben. Sie sah das Erschrecken in seinem Gesicht, als er auf dem glitschigen, vereisten Holz abrutschte. Dann fiel er die Leiter hinunter in den Schnee.

Luisa beugte sich vor und sah nach unten.

»Ach du meine Güte«, sagte sie.

Geschichte zum 24. Dezember

Um Punkt halb sieben Uhr war ganz Ammerlo in der kleinen Kirche versammelt.

Die Glocken läuteten und die Kerzen funkelten und jetzt war Weihnachten so sehr da, dass man es bis in die kleinen Zehen spüren konnte.

Die Krippenspieler saßen in der ersten Reihe und wippten nervös mit den Füßen.

»Die großen Jungs fehlen«, flüsterte Luisa Lukas zu.

Lukas nickte. »Die haben sich bestimmt überlegt, dass sie doch keine Lust haben.«

»Und es fehlt noch was«, wisperte Mandy. »Die Babypuppe ist weg! Ich habe sie überall gesucht, aber sie ist einfach weg!«

»Und wir haben keinen Josef«, meinte Luisa. »Er ist im Krankenhaus und bekommt den Knöchel geschient.«

»Und ich habe keinen Weihnachtsbaum«, murmelte Lukas, »weil wir ihn transportieren mussten.«

»Weil ihr den Baum transportieren musstet?«, fragte Mandy verwirrt.

»Weil wir *Aik* transportieren mussten«, wisperte Lukas. Mit sehnsüchtigem Blick sah er den Weihnachtsbaum an, den es hier sehr wohl gab. Der Pfarrer war gerade rechtzeitig gesund genug geworden, um ihn mit lauten Niesern und bunten Kugeln zu schmücken. Goldene Strohsterne drehten sich in der flackernden Kerzenwärme und kleine rote Holzengel baumelten zwischen dem duftenden Tannengrün.

Lukas war so sehr in den Anblick des Weihnachtsbaums vertieft, dass Luisa ihn ab und zu anstoßen musste, damit er zum Singen aufstand.

Der Pfarrer trug über seinem Talar einen langen roten Schal und zwischendurch schniefte und hustete er, aber seine Predigt war sehr schön. Obwohl niemand wirklich zuhörte.

Alle waren viel zu gespannt auf das Krippenspiel, denn es war lange her, dass es in Ammerlo zu Weihnachten ein richtiges, echtes Krippenspiel gegeben hatte.

Kurz bevor es losgehen sollte, schlich sich Aiks und Levkes Mutter gebückt an der Reihe der Spieler entlang und flüsterte jedem noch etwas zu. Sie nickten und dann sagte der Pfarrer, jetzt fange das Krippenspiel an.

Und dann *fing* es an.

Luisa spürte, wie sich auf ihren Handflächen Dutzende winziger Schweißperlen bildeten, als sie sich mit Mandy auf dem Fe-helde aufstellte.

»Wo ist unser Schaf?«, flüsterte sie. Erik und seine weißen Schlappohren waren nirgendwo zu sehen.

»Eben war er noch da«, wisperte Mandy und zuckte verzweifelt mit den Schultern.

Ann-Kathrin trug einen tiefblauen Umhang und darunter ihr dickes Bauchkissen, und ihre goldenen Locken leuchteten und strahlten im Kerzenlicht so hell, dass man sich gut vorstellen konnte, wie die Heiligen Drei Könige ihren Kopf für den Stern hielten und ihr zur Krippe folgten. Maria-Ann-Kathrin stand auf und ging ein paar Schritte vor dem Altar auf und ab, ganz allein.

»Was tut sie da?«, fragte Luisa flüsternd.

Mandy zuckte mit den Schultern.

»Suchst du was?«, fragte der Pfarrer Maria.

»O ja«, sagte Ann-Kathrin und es hörte sich an, als hätte sie diese Worte schon seit Wochen auswendig gelernt. »Ich bin sehr wohl auf der Suche.«

»Nach was denn?«, fragte der Pfarrer. »Einer Herberge?«

»Nein«, sagte Maria. »Ich suche Josef. Er ist im Wald bei Bethlehem von einem Hochsitz gefallen und wird geschient, aber er hat mir versprochen, dass er mich nicht sitzenlässt. Denn ich bin hochschwanger und habe noch keinen Platz, wo ich das Kind gebären könnte, und ich bin ganz allein.« Sie machte ein sehr tragisches Gesicht und das Publikum seufzte äußerst berührt.

Da flog die Kirchentür auf.

»Da ist er ja!«, rief Ann-Kathrin-Maria und lief durch den Mittelgang auf die Gestalt zu, die eben hereingekommen war.

Es war tatsächlich Aik und er humpelte auf Krücken. Sein Vater übergab ihn Maria und setzte sich hinten in eine freie Bank.

So wanderten Maria und der geschiente Josef auf ihrer Herbergssuche einmal quer durch die ganze Kirche, und durch die Reihen lief ein ehrfürchtiges Raunen. So viel Action hatte niemand in einem Krippenspiel erwartet.

»Wir haben noch einen Platz im Stall«, sagte der Postkartenmann. »Und den sollten Sie wirklich nehmen. Auf einer meiner Postkarten steht: Besser ein kleines Plätzchen zum Leben als ein kleines Leben ohne Plätzchen.« Er stockte. »Äh. Vielleicht war es auch irgendwie anders.«

Maria und Josef nickten würdevoll und verschwanden hinter dem Altar.

»Ich frage mich, was sie jetzt als Jesuskind kriegt«, flüsterte Luisa.

»Vorsicht«, zischte Mandy, »da kommt Lukas geflogen!«

Lukas hatte plötzlich Schwierigkeiten mit den großen Goldpapierflügeln. Er torkelte auf die Hirten zu und schaffte es gerade noch, kurz vor ihnen zu bremsen.

»Ich verkündige euch eine große Freude!«, rief er. »Euch ist heute ein Eiland geboren!«

»Was?«, fragte Martin, der im Publikum saß, seinen Nachbarn. »Wieso ist ihnen eine Insel geboren?«

»Der *Heiland*«, antwortete Martins Sitznachbar. »Sie haben sich nur verhört. Mein Sohn macht keine Fehler beim Theaterspielen. Er ist erste Klasse, vor *allem* bei Krippenspielen.«

»Oh«, sagte Martin, »*Sie* sind also Lukas' Vater? Verzeihung, Sie *sind* sonst nie irgendwo ... mit den Kindern, meine ich.«

»Pst«, machte Lukas' Vater. »Es geht weiter.«

Er deutete nach vorn zum Altar, wo Maria-Ann-Kathrin die Krippe hinter dem Altar hervorschob. Es lag ein Bündel darin, das in ein Stück Stoff gewickelt war und in der Größe ungefähr einem Baby entsprach. Alle reckten die Hälse, um zu sehen, um was es sich handelte. Aber man konnte nur erkennen, dass es sich von Zeit zu Zeit regte – mehr nicht.

Nun kam Frederick hinter dem Weihnachtsbaum hervor und zeigte an die Kirchendecke.

»Ein Stern!«, rief er. »Wir müssen ihm folgen!«

Er hatte sich das Gesicht geschwärzt – Luisa wollte lieber nicht wissen, womit – und trug wieder den Vorhang um die Schultern. »Ich bin der Heilige Drei König«, sagte er erklärend zum Publikum.

»Die großen Jungs sind sauer«, flüsterte Aiks Mutter Luisa zu, »weil sie herausgefunden haben, dass das mit der Zeitung geschwindelt war. Deswegen sind sie nicht da und haben die Babypuppe gekidnappt. Aber ich wüsste doch zu gern, was in der Krippe ...«

In diesem Moment sprang die Kirchentür noch einmal auf und alle fuhren abermals herum.

Dort standen Norbert und Ronny in eilig übergeworfenen Bademänteln und sie hatten noch jemanden bei sich.

»Johann!«, rief der Postkartenmann und sprang auf. »Du bist etwas spät! Ich habe dir doch gesagt, wann wir anfangen!«

»Tut mir leid«, sagte der große dünne Mann in der Tür. »Mein Auto ist zusammengebrochen. Ein alter Herr mit einem Pferdefuhrwerk hat mich abgeschleppt.«

Er nickte einmal in die Runde und deutete eine Verbeugung an. »Ich bin von der Zeitung«, sagte er. »Und die beiden Schauspieler, die ich auf der Dorfstraße zufällig traf, haben mir zum Glück den Weg zur Kirche gezeigt.«

»Das gibt's doch nicht«, wisperte Aiks Mutter den Hirten Mandy und Luisa zu. »So ein Zufall.«

Johann holte eine große schwarze Kamera aus seiner Umhängetasche. »Darf ich den zweiten Teil des Krippenspiels dann knipsen?«

»Natürlich«, sagte Norbert so großzügig, als hätte er das Krippenspiel ganz allein inszeniert.

So brachten die Heiligen Drei Könige doch noch alle zusammen Maria und dem Kind ihre Gaben dar. Sie waren bei der Möhre statt Myrrhe geblieben. Warum sollte das Jesuskind auch keine Möhre geschenkt bekommen?

»Skorbut war ja damals auch so verbreitet, da war Gemüse wichtig«, sagte Lukas' Vater zu Martin, und Martin nickte verwirrt.

Der zahme Tiger, den Caspar, Melchior und Balthasar bei sich hatten, setzte sich brav neben die Krippe und begann zu schnurren. Herr Moosbach, der Ochs und Esel war, schnupperte an den Königsgaben.

Dann schnupperte er am Jesuskind, und da machte das Jesuskind einen Satz. Es befreite sich aus den Tüchern, in die man es gewickelt hatte, und hopste quer durch die Kirche davon.

»Ich wusste nicht«, flüsterte der Griesgram missbilligend, »dass Christus ein übergewichtiges weißes Kaninchen war.«

»Ach«, sagte der Pfarrer und hustete nachdrücklich, »es kommen da ja in letzter Zeit immer mehr erstaunliche geschichtliche Tatsachen über die Bibel heraus.«

Der Griesgram knurrte, aber er konnte sein glückliches Weihnachtslächeln nicht verbergen.

Zum Schluss verbeugten sich alle – alle außer Herrn Moosbach und dem entsprungenen Jesuskaninchen – und tosender Applaus füllte die Kirche.

Der Pfarrer war sich nicht sicher, ob man in der Kirche klatschen sollte, aber es klang sehr feierlich und so klatschte er auch.

»Was für ein wunderbarer Gottesdienst«, sagte Aiks Mutter. »Was für ein wunderbares Krippenspiel. Was für ein wunderbares, wunderbares Weihnachtsfest.« Und sie drückte Josef und den Tiger ganz fest, obwohl beide protestierten.

Draußen waren die Schneewolken weitergezogen, um anderswo zu schneien. Über Ammerlo funkelten die Sterne hell und klar.

»Ich habe noch ein Geschenk für dich«, sagte Luisa und gab Mandy ein sorgfältig verschnürtes Paket.

Mandy schnürte es wieder auf. Sie holte ein violettes, leicht unförmiges Etwas heraus, drehte es nach hier, drehte es nach da. »Was ist das?«, fragte sie schließlich verwundert.

»Dein Schal«, sagte Luisa stolz. »Ich habe ihn ganz alleine für dich zu Ende gestrickt, obwohl ich gar nicht stricken kann.«

Da umarmte Mandy Luisa. »Es ist der scheußlichste Schal, den ich je gesehen habe«, sagte sie gerührt. »Vielen, vielen Dank.«

Später, in den hell erleuchteten Fenstern unter den Reetdächern, wechselten noch einige andere Geschenke den Besitzer: Levke bekam von ihrer Mutter einen echten, selbst gebastelten Tigerstreifenanzug und Aik bekam eigenhändig genähte Hüttenschuhe. Einer der beiden war leider viel zu groß geworden, irgendwie hatte sich Aiks Mutter da mit dem Schnitt vertan. Aber gerade deshalb passte er perfekt über die Schiene an Aiks Fuß. Das Kleine, was er tagelang zusammengeleimt hatte, war eine Krippe in einer Streichholzschachtel, damit seine Mutter das ganze Jahr hindurch weiter Krippenspiele leiten konnte, wann und wo immer sie wollte. Aiks Vater erhielt zu seinem Erstaunen ein Paket vom Pfarrer. Als er es aufmachte, fand er darin seine eigenen Kleider, was ihn noch mehr erstaunte.

Martin schenkte Luisa Stricknadeln, die man, so sagte er, im Notfall auch als Pfeile für den Bogen benutzen konnte. Im Gegenzug schenkte Luisa Martin zwei bunte Pappbecher aus dem Supermarkt, auf denen grinsende

Engel zu sehen waren. »Für Glühwein, und sie können nicht kaputtgehen, wenn der Topf mal wieder explodiert«, sagte sie.

»Das sind die allerschönsten Pappbecher der Welt«, sagte Martin glücklich.

Der Postkartenmann bekam von seinem Zeitungsfreund Johann eine besonders bunte Postkarte, die so kitschig war, dass man sie hier nicht mit gutem Gewissen beschreiben kann.

Und Herr Moosbach – Herr Moosbach durfte zur Feier des Tages eine ganze Schale lauwarmen Glühwein ausschlabbern, so dass er bald in seligen Schlaf sank.

»Ich habe auch noch ein Geschenk für dich«, sagte Lukas etwas beklommen zu seinem Vater, als er die Haustür aufschloss.

»Später«, sagte sein Vater. »Ich kann jetzt nicht. Gehst du mal nach oben ins Schlafzimmer und siehst nach, ob ich die Fenster alle zugemacht habe?«

Lukas schluckte und stieg die steile Stiege hinauf.

Die Fenster waren alle zu.

Er setzte sich auf sein Bett und dachte darüber nach, dass das nun wahrscheinlich schon Weihnachten gewesen war – da hörte er unten in der Küche Musik.

Er runzelte die Stirn und schlich zur Stiege. Es war tatsächlich richtige Weihnachtsmusik!

»Sti-hille-he Na-ha-hacht«, dudelte es aus dem Kassettenrekorder.

Am Ende der Holztreppe aber war das Licht ganz komisch und es roch etwas angekokelt.

Besorgt stieg Lukas die schmalen Stufen hinunter – und da stand neben dem Herd der vollkommenste, wunderbarste, grünste und am üppigsten geschmückte Weihnachtsbaum, den man sich überhaupt vorstellen konnte. Er war nicht besonders groß und nicht besonders breit, aber Lukas wusste sofort, dass es der schönste war, der allerschönste von allen, die es irgendwo auf der Welt geben konnte.

Neben dem Baum stand Lukas' Vater und sah betreten aus. »Ähem, na ja, ich dachte«, sagte er, »ich dachte, wenn ich eine Weile den billigsten Tabak rauche, na ja ... dann können wir uns auch einen Baum leisten.«

»Obwohl man ihn hinterher wieder wegschmeißt?«, fragte Lukas zweifelnd.

Sein Vater lächelte kaum merklich und zeigte auf den Stamm des Baumes. »Keinesfalls«, antwortete er. »Er wächst in einem Topf. Wir können ihn jede Weihnachten wieder benutzen. Eine Investition für die Zukunft.«

»Eine Inwesti-was?«, fragte Lukas.

Aber dann fiel ihm ein, dass er ja noch den guten Tabak für seinen Vater hatte, und er rannte nach oben, um ihn zu holen.

Willkommen auf Korallenkrone!

Dagmar H. Mueller
Das Meermädchen-Internat
Willkommen auf
Korallenkrone! (Band 1)
illustriert von Franziska Harvey
978-3-7855-6854-5
192 Seiten

Meermädchen Alani kann es nicht glauben:
Sie soll von nun an in das glitzernde, fisch-feine Meermädchen-Internat Korallenkrone gehen! Weit weg von ihrem Zuhause und ihrem besten Freund Petin! Knotiger Haiknochen!
Und das ist noch lange nicht alles. Die Abenteuer beginnen gerade erst, denn Alani kommt einem furchtbaren Geheimnis auf die Schliche. Doch zum Glück findet sie auf Korallenkrone Freundinnen, die mit ihr durch dick und dünn schwimmen.

Loewe

www.loewe-verlag.de